너와 나의 최후의 전장, 혹은 세계가 시작되는 성전 5
the War ends the world / raises the world
"너의 유일한 라이벌로서,
나는 그것을 알 권리가 있어."
앨리스리제 루 네뷸리스 9세
Aliceliese Lou Nebulis IX
네뷸리스 황청의 제2왕녀. 차기 여왕 자리를
둘러싼 골육상쟁으로 고뇌하는 중.
이스카에게 접근하려고 하는 여동생
시스벨의 행동 때문에 몹시 초조해한다.

마녀들의 낙원

「네뷸리스 황청」

앨리스리제 루 네뷸리스 9세

Aliceliese Lou Nebulis IX

네뷸리스 황청의 제2왕녀. 가장 유력한 차기 여왕 후보. 얼음을 다루는 최강 성령술사. 제국에서는 「빙화의 마녀」라고 불리는 공포의 대상. 황청 내부의 온갖 음모에 염증을 느끼고 있으며, 전장에서 만난 적국의 검사인 이스카와 정정당당하게 싸우기를 기대하고 있다.

린 뷔스포즈

Rin Vispose

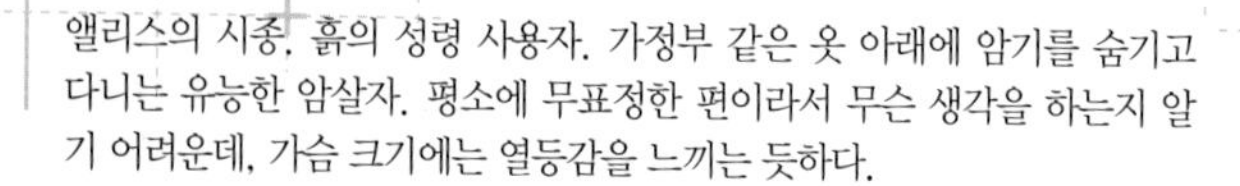

앨리스의 시종. 흙의 성령 사용자. 가정부 같은 옷 아래에 암기를 숨기고 다니는 유능한 암살자. 평소에 무표정한 편이라서 무슨 생각을 하는지 알기 어려운데, 가슴 크기에는 열등감을 느끼는 듯하다.

시스벨 루 네뷸리스 9세

Sisbell Lou Nebulis IX

네뷸리스 황청의 제3왕녀. 앨리스리제의 여동생. 과거에 일어난 사건을 영상과 음성으로 재생하는 「등불」의 성령을 지녔다. 과거에 제국에 붙잡혔다가 이스카의 도움을 받았다.

가면 경 온

On

루 가문과 차기 여왕 자리를 놓고 경쟁하는 조아 가문의 일원. 속마음을 알 수 없는 책략가.

키싱 조아 네뷸리스

Kissing Zoa Nebulis

조아 가문의 비밀 병기. 강력한 성령술사. 「가시」의 성령을 지니고 있다.

샐린저

Salinger

여왕 암살 미수죄로 감옥에 갇혀 있었던 최강의 마인. 현재는 탈옥 중.

일리티아 루 네뷸리스 9세

Elletear Lou Nebulis IX

네뷸리스 황청의 제1왕녀. 대외 활동에 열중하느라 자주 왕궁을 비운다.

기계로 된 이상향

「천제국」

이스카

Iska

제국군 인류 방위기구, 기구 Ⅲ사(師) 제907부대 소속. 과거에 사상 최연소로 제국의 최고 전력 「사도성(使徒聖)」 자리에 올랐지만, 마녀를 탈옥시킨 죄로 그 자격을 박탈당했다. 성령술을 차단하는 흑강의 성검과, 마지막으로 벤 성령술을 딱 한 번 재현하는 백강의 성검을 가지고 있다. 평화를 위해 싸우는 올곧은 소년 검사.

미스미스 클라스

Mismis Klass

제907부대 대장. 얼굴이 엄청나게 앳되어서 청소년처럼 보여도 실은 어엿한 성인 여성. 덜렁이지만 책임감이 강하고, 부하들에게도 신뢰를 받고 있다. 볼텍스에 빠지는 바람에 마녀로 변했다.

진 슐라건

Jhin Syulargun

제907부대 저격수. 귀신같은 저격 솜씨를 자랑한다. 이스카와 같은 스승님 밑에서 동문수학한 질긴 인연의 소유자. 성격은 차갑고 냉소적이지만, 동료를 아끼는 마음은 뜨겁다.

네네 알카스토네

Nene Alkastone

제907부대 기계 기술자. 병기 개발의 천재. 아득히 높은 곳에서 철갑탄을 발사하는 위성 병기를 조종한다. 실은 이스카를 친오빠처럼 잘 따르는 천진난만하고 사랑스러운 소녀.

리샤 인 엠파이어

Risya In Empire

사도성 서열 제5위. 통칭 「만능 천재」. 검은 테 안경을 쓰고 양복을 입은 미녀. 학교 동기인 미스미스를 마음에 들어 한다.

네임리스

Nameless

사도성 서열 제8위. 광학 위장복으로 머리부터 발끝까지 온몸을 가리고, 전자화된 음성으로 이야기하는 남자. 자객 부대 출신. 초인적인 신체 능력의 소유자.

"여왕 폐하,
그런 진지한 얼굴로
유쾌한 농담은
하지 말아주세요."
일리티아 루 네뷸리스 9세
Elletear Lou Nebulis IX
네뷸리스 황청의 여왕 밀라베어의 장녀. 앨리스리제와 시스벨의 언니. 아름다운 금빛 에메랄드그린 빛깔의 머리카락과, 앨리스리제보다 더 볼륨감 있는 굉장한 몸매의 소유자.

너와 나의 최후의 전장, 혹은 세계가 시작되는 성전 5

the War ends the world / raises the world

사자네 케이 지음
한수진 옮김

커버 그림, 본문 일러스트 | **네코나베 아오**

너와 나의 최후의 전장,
혹은 세계가 시작되는 성전 5

the War ends the world /
raises the world

Shie-la So hem Sec nazal, uc Ec lishe.
당신의 사랑으로 나의 죄를 씻어주세요.

vea Sez sis xel sfrei fears.
내가 나일 수 있도록.

vea Ez nec cia nes edear.
당신이, 마녀가 되지 않도록.

the War ends the world / raises the world

CONTENTS

Prologue
『Elletear』

the War ends the world /
raises the world

마녀의 낙원——.

네뷸리스 왕궁「여왕의 방」.

맑은 빛이 창문의 레이스커튼을 통과해 넓은 홀을 비추었다.

싱싱한 관엽식물과 햇빛. 포도주색 융단으로 장식된 공간. 그것은「마녀」라는 멸칭의 불길함을 부정하고도 남을 만큼 깨끗하고 아름다웠다.

"일리티아. 묻고 싶은 것이 두 가지 있습니다."

"뭐든지 물어보세요."

계단 위에 서 있는 사람은 여왕 네뷸리스 8세.

그 여왕을 우러러보는 딸——장녀 일리티아가 홀의 계단 아래에서 생글생글 웃으며 고개를 끄덕였다. 그러나 그 미소는 여왕의 한마디로 인해 얼어붙었다.

"시스벨의 행선지를 외부에 알린 사람은 당신입니까?"

"————."

마치 인형처럼.

일리티아 루 네뷸리스 9세가 입을 다물고 미동도 하지 않게 되었다.

크게 출렁이는 머리카락은 더없이 아름다운 금빛 에메랄드그린.

차녀 앨리스보다도 더 큰 키. 앨리스보다도 더 풍만하게 성숙해진 가슴은 드레스 가슴팍 안쪽에서 거부할 수 없는 색향을 발하고 있었다.

이토록 아름다운 딸이 말없이 우두커니 서 있는 가운데――.

"하나 더 묻겠습니다."

여왕 밀라베어 루 네뷸리스 8세는 무반응. 계단 밑에 서 있는 딸을 여느 때와는 달리 냉정한 눈으로 내려다보면서 질문했다.

"당신은 진짜 일리티아입니까?"

고요한 홀.

여왕의 목소리가 차갑게 메아리치다가 이윽고 조용해졌을 무렵.

제1왕녀 일리티아의 요염한 웃음소리가 울려 퍼졌다.

"하, 하하! 아하하하하하!"

"일리티아. 왜 웃는 겁니까?"

"그, 그건…… 아이참, 무슨 말씀을 하시나 했더니! 여왕 폐하, 그런 진지한 얼굴로 유쾌한 농담은 하지 말아주세요."

자기 배를 손으로 누르면서 재미있다는 듯이 계속 웃는 일리티아.

그러나 여왕은 그저 담담하게 말을 이었다.

"시스벨에게는 독립국가 알사미라로 가라고 명령했습니다. 그 나라가 제국과 비밀리에 접촉하고 있을 가능성이 있었기 때문이죠. 이것은 여왕인 저의 매우 사적인 의뢰였습니다."

제3왕녀 시스벨의 임무.

그것을 아는 사람은 여왕에게서 직접 이야기를 들은 몇 명밖에 없었다.

"그런데 어째서인지 다음 날이 되자 조아 가문도 알고 있더군요. 가면 경이 시스벨을 쫓아 알사미라로 갔다고 합니다."

"…………."

"누군가가 정보를 누설한 겁니다. 그런데 저의 측근과 앨리스는 언제나 제 시선이 닿는 곳에 있었습니다. 그렇지 않았던 사람은 단 한 명뿐입니다."

현재 상황이 일리티아가 「배신자」임을 가르쳐주고 있었다.

여왕에게서 시스벨의 행선지가 어디인지 들었고, 또 그다음에 열 시간 이상 여왕의 시야에서 벗어난 인물은 한 명밖에 없었으므로.

"시조의 말예인 루 가문과 조아 가문은 이미 50년 이상이나 불편한 관계를 유지해오고 있습니다."

"콘클라베(여왕 성별 의식) 때문이죠."

"저의 장녀 일리티아는 혈족의 문제도 충분히 이해하고 있습니다. 그러므로 시스벨의 행선지를 조아 가문에 알려줄 리 없어요."

침묵하는 일리티아를 향해 말했다.

"고로 당신에게 묻습니다. 당신은 진짜 일리티아입니까?"

계단 위에서 융단이 깔린 홀로.

여왕의 시선이 이동하여, 사랑하는 딸인 왕녀에게 푹 꽂혔다.

"…………."

"대답할 수 없나요?"

"……아, 아하하, 더는 못 참겠네요! 아이참, 그런 눈빛으로 보지 마세요, 여왕 폐하. 더 이상은 못 견디겠잖아요."

두 번째 웃음.

그것은 첫 번째 웃음소리보다 훨씬 더 크게 여왕의 방 전체에 울려 퍼졌다.

"아하하하, 나, 나 진짜…… 아, 안 돼. 정말이지, 여왕 폐하, 무슨 말씀을 하시나 했더니――."

풍만한 가슴이 드레스 밖으로 흘러나올 듯한 기세로.

일리티아는 웃음을 참지 못하고 어깨를 심하게 들썩거렸다.

"그건 제가 물어볼 말입니다. 안 그래요, 가짜 여왕님?"

술렁.

공기가 바뀌었다. 여왕의 방 안의 공기가.

"이래 봬도 저는 게임을 좋아하거든요. 남을 속이는 것도, 남에게 속아 넘어가는 것도 무척 좋아해요. 물론 후자와 같은 경우는 거의 없으니까요. 이렇게 소름 끼치는 감각은 정말 신선하게 느껴지네요."

"…………."

여왕은 침묵했다.

그것도 일종의 대답이었다. 그렇게 판단한 일리티아는 앞으로 발을 내디뎠다.

또각, 또각.

경쾌한 발소리를 내면서 일리티아가 눈앞의 계단을 밟고 올라갔다. 여왕이 서 있는 계단 위까지.

"아아, 너무 웃어서 배가 아프네요. 저기요, 가짜 님. 당신 누구세요?"

여왕 밀라베어 루 네뷸리스 8세의 코앞까지 다가갔다.

눈높이는 거의 비슷했다.

"아주 완성도 높게 재현했네요. 내가 아니라면…… 아, 그래요. 제2왕녀나 제3왕녀라면 앞으로 2분 정도는 더 속일 수 있었을지도 몰라요. 그러나 아쉽게 됐군요. **저는 장녀거든요.**"

그 2분의 차이.

작지만 더없이 커다란 차이. 그것이 자신과 「기타 등등」을 구별해주는 결정적인 차이다. 제1왕녀는 그렇게 주장하는 것이었다.

"자, 이 정도면 충분하죠?"

"…………."

파직! 하고 불똥이 튀었다.

여왕의 모습이 마치 올 풀려나가듯이 스르르 사라져갔다. 일리티아가 미소 지으며 지켜보는 가운데, 그 자리에 어린 소녀가 나타났다.

검은 머리카락이 어깨까지 닿는 조그만 소녀. 그 앳된 얼굴은 방금 전까지 여왕을 연기하고 있었다는 것이 믿어지지 않을 정도로 공포에 질려 연약하게 일그러져 있었다.
"시, 실례했습니다! 제, 제발 용서해주세요!"
"어머, 귀여운 아가씨네. 흐음……? 그래. 솔직하게 사과했으니 용서해주마. 내가 원래 귀여운 아이를 혼내는 것은 잘 못하거든."
13~14세쯤 되어 보이는 소녀의 머리를 쓰다듬었다.
겁먹었던 소녀는 일리티아의 온화한 태도를 보고 안도의 한숨을 쉬었다.
"혹시 신입이니? 내가 외국에 나가 있는 사이에 왕궁에 들어온 거야?"
"아, 네……!"
검은 머리 소녀가 힘차게 고개를 끄덕였다. 그 목덜미에서 성령술사의 증거인 성문이 희미한 회색으로 빛나고 있었다.
회색 성문. 분신을 창조하는 「그림자」 성령의 아종일 것이다.
"성에서 생활하는 데에는 많이 익숙해졌니?"
"……네, 네."
일리티아의 시선을 받은 소녀는 홀린 듯이 숨을 멈추었다.
소녀의 눈높이는 정확히 일리티아의 가슴골이 보이는 높이였다. 눈앞에 아낌없이 드러나 있는 선정적인 육체는 이성뿐만 아니라 동성인 소녀조차 사로잡을 정도로 색기가 넘쳤다.
——진짜 「마녀」의 마법처럼.
타고난 마성의 아름다움이 이 왕녀에게는 갖춰져 있었다.
"저, 저…… 일리티아 님."

"응, 왜? 귀여운 신입 아가씨."

"어…… 어떻게 저의 변장을 꿰뚫어 보신 건가요? 외모도 음성도 완벽한 여왕 폐하로 변신했다고 생각했는데요."

"응, 맞아. 완벽했어. 이야기할 때 잠깐씩 상대의 손가락을 보는 습관까지도 완벽했지."

"그, 그럼 어떻게……."

"글쎄?"

일리티아는 입가에 손을 대고 잠시 생각해보더니 대답했다.

"나의 성령과 비슷해서 그런가?"

"!"

"그런데 나의 성령과는 달리 너의 성령은 참 우수하구나. 부러워."

"……아, 아뇨! 그건 아니에요……."

일리티아가 자학하자, 소녀의 얼굴이 확 굳어졌다.

이 성 안에서 모르는 사람은 없을 것이다. **제1왕녀 일리티아의 성령은 시조의 혈통 중에서 가장 약하다는 사실을.**

그래서 그렇게 자조한 것이다.

"너의 성령은 정말 강한 힘을 가지고 있구나."

"……저, 저기……."

"일리티아. 그렇게 괴롭히면 안 됩니다."

타이르는 목소리.

스테인드글라스의 그늘 속에서 누군가가 나타났다. 그 사람은 바로 네뷸리스 여왕이었다. 아까 소녀가 변신했던 모습과 비교한다면, 기계 감정을 해도 식별하기 어려울 것이다.

"그 아이는 저의 명령을 받고 행동한 것입니다. 용서해주세요."

"용서라니요? 후후…… 아뇨, 참 재미있는 여흥이었습니다."

소녀의 머리카락을 쓰다듬으며 이야기를 계속하는 일리티아.

"그런데 어마마마. 저를 부르신 이유는 역시 방금 그 질문을 하기 위해서였나요? 시스벨의 행선지를 가면 경에게 알려준 사람이 저인지 확인하시려고요?"

"……그것도 이유 중 하나입니다."

햇빛을 등진 여왕이 살짝 한숨을 쉬었다.

"당신을 의심해서 그런 것이 아니라, 당신에 대한 오해를 풀기 위한 필요경비였습니다. 그 점에 관해서는——."

그 순간.

여왕의 방의 출입문 너머에서 요란한 발소리와 목소리가 들려왔다.

"애, 앨리스 님, 이러시면 안 됩니다! 이 복도에서 뛰시면 안 돼요. 보세요, 여기 병사들도 난처해하고 있잖아요?"

"지금 그런 것을 따질 때가 아니야. 린, 너도 빨리 와."

"여왕의 방 문은 함부로 열면 안 된다니까요!"

"비상사태니까 어쩔 수 없어!"

양쪽으로 열리는 문이 한쪽만 벌컥 열렸다. 금발 머리 소녀가 반쯤 굴러들어오듯이 안으로 들어왔다.

거칠게 숨을 몰아쉬면서. 아름다운 금빛 머리카락이 흐트러지는 것도 개의치 않고.

"헉, 헉…… 어마마마! 어, 어라? 일리티아 언니……?"

제2왕녀 앨리스리제.

앨리스라는 이름으로 잘 알려진 사랑스러운 소녀는 그 자리에 있는 여왕과 제1왕녀, 그리고 낯선 소녀 세 사람을 살펴보면서 말했다.

"저, 어마마마…… 아니, 여왕 폐하!"

"무슨 일이죠? 앨리스. 그토록 급하게 뛰어오다니. 침착하게 행동해야지요."

여왕은 눈살을 찌푸렸다.

차녀는 언니에 비해 침착함이 부족하긴 해도 분명히 왕녀로서의 품위는 갖추고 있었다. 스스로 품위를 떨어뜨릴 만한 행동은 하지 않았다.

어지간히 급한 일이 있는 걸까?

"시스벨 말인데요."

숨을 헉헉 몰아쉬고, 심하게 뛰는 가슴을 손으로 누르면서.

앨리스는 필사적으로 목소리를 쥐어 짜냈다.

"시스벨의 상황에 관해서, 조속히 상담하고 싶습니다!"

Chapter.1
『마녀의 등가교환』

the War ends the world /
raises the world

1

독립국가 알사미라——.

세계 대륙의 동쪽에 펼쳐져 있는 거대한 사막에 위치한 나라. 1년 내내 여름인 리조트였다. 기온은 항상 40도 근처까지 올라갔지만, 쨍하고 밝은 햇빛은 오히려 상쾌하고 기분 좋게 느껴졌다.

큰 수영장과 온천과 고급 호텔로 가득 찬 리조트 도심지——.

그곳의 호텔 고층에서.

"예상대로야. 신문에서도 정보지에서도 그 사건이 어제오늘 연속으로 1면을 차지하고 있어. 톱뉴스군."

은발 저격수 진이 집어던진 신문이 털썩! 소리를 내면서 테이블 위에 떨어졌다.

『환상적인 여름 리조트, 하룻밤 사이에 불타오르다.

알사미라 도시 교외의 원유 채굴장에서 원인 불명의 대폭발이 발생——.』

진은 기사를 내려다보면서 중얼거렸다.

"제국 사령부도 이 소식을 들었을 거야. 아니, 오브젝트(섬멸 물체)가 파괴된 시점에서 눈치챘을 테지. 기체 교신이 중지됐는데도 의심하지 않을 정도로 멍청한 놈들이 아니야."

"……아, 이런."

이스카는 방바닥에 앉은 채 희미한 비명 소리를 냈다.

참고로 한 시간쯤 바닥에 무릎 꿇고 앉아 있었다. 자기 나름대로 반성하는 의미에서.

"저기, 미안해……."

"황청이 꾸민 짓이다. 너의 잘못이 아니야. 그런데 최근 들어 너답지 않게 행동하는 경우가 꽤 많아진 것 같은데?"

소파에 기대는 진.

그는 평소답지 않게 어깨를 드러낸 탱크톱을 입고 있었다. 어깨와 위팔에 걸쳐 붕대를 감았기 때문에 상의를 입을 수가 없었던 것이다.

——가면 경(卿)과 싸우다가 당한 부상.

엊그제.

이 나라의 교외에서 네뷸리스 황청의 성령 부대와 교전했을 때 입은 상처였다.

"중립도시에서 유괴되어 황청으로 끌려가지를 않나, 이번에는 또 호텔 밖에서 혼자 산책하다가 성령 부대와 마주치지를 않나."

"……미안해."

"앗, 진 오빠! 이스카 오빠한테만 너무 뭐라고 하면 안 돼. 애초에 전장도 아닌 이런 곳에서 먼저 공격해온 황청이 잘못한 거니까."

붉은 머리 소녀 네네가 다가왔다.

길고 풍성한 머리카락을 포니테일 스타일로 묶은, 날씬한 모델 같은 소녀.

기계 기술자이자 부대의 통신사인 네네가 지금은 진 옆에서 구급상자의 장갑을 꺼내 들고 있었다.

"진 오빠. 이제 소독할 시간이야. 붕대도 갈아야 하고."

"일곱 시간 전에 소독했잖아?"

"안 돼. 저격수가 잘 쓰는 팔을 다쳤다가 상처가 곪기라도 하면 큰일 나잖아? 진 오빠도 오른팔이 고장 나버리면 싫을 거 아냐?"

"그건 싫지."

"그럼 치료를 해야지."

내키지 않는 것처럼 오른팔을 내미는 진. 네네가 그 위팔의 붕대를 잘라서 치우고, 아직 붉게 부어 있는 상처에 소독약을 뿌렸다.

"그나저나 사선을 두 번, 세 번씩 넘어서 이제야 겨우 정식으로 휴가를 받았구나 했는데……."

소파에 앉은 진이 한숨을 내쉬면서 중얼거렸다.

"물론 여긴 제국 영토도 아니니까. 황청 놈들이 눈에 불을 켜고 다니는 것도 이해는 가. 하지만 1년 전에 이스카가 탈옥시킨 마녀가 하필이면 이 나라에 와 있었다고? 그런 우연의 일치가 발생할 확률은 수십만 분의 1 정도밖에 안 되잖아?"

"……응, 나도 깜짝 놀랐어."

제도를 떠나서 이 나라에 온 지 겨우 나흘째이다.

도착하자마자 「그 소녀」와 재회하게 된 것은 천만뜻밖이었다. 그건 이스카뿐만 아니라 시스벨 본인도 마찬가지였고――.

"사도성 이스카. 저를 기억하시나요?"

"제 이름은 시스벨입니다. 기억해주셔서 영광이에요."

호기심이 왕성해 보이는 커다란 눈동자.

불그스름한 금빛 머리카락은 매끈매끈 윤기가 났고, 사랑스러운 그 얼굴은 언니인 앨리스 못지않은 기품을 지니고 있었다.

마녀의 낙원의 제3왕녀 시스벨――.

1년 전, 이스카가 제국의 감옥에서 구해준 소녀였다.

……그때는 생각도 못 했었다. 성문의 에너지도 약했는데.

……그 소녀가 순혈종이었을 줄이야.

제국군도 설마 왕족을 붙잡았다고는 꿈에도 생각지 못했을 것이다.

네뷸리스 왕가의 성령은 모두 다 강력하다. 그러니까 성문의 에너지 반응이 약한 자는 평범한 마녀일 거라고 착각하고 있었던 것이다.

"어제도 말했잖아. 그건 진짜 우연이었어. 상대도 깜짝 놀랐는걸."

"뭐, 당연하지. 그게 우연이 아니라면 우리는 황청에서부터 미행을 당한 거니까. 그런 멍청한 실수는 하지 않았어. 아무튼, 그

녀석은 어떻게 됐어?"

"나도 몰라. 그 애는 쫓기는 것 같았으니까. 이틀 전 그날 밤에 이 나라에서 탈출했을 거야. 아 참, 그 애를 쫓는 사람은 그때 너와 싸웠던 그 남자야."

"……가면 경이라고 했나? 맞아, 그놈이 그런 말도 했었지."

진과 싸운 적.

볼텍스 쟁탈전에 이어서 이번에 두 번째로 마주쳤다.

"우리는 소란을 피울 생각은 없었다. 동포를 데리고 돌아가는 것만이 목적이었지. 그런데 제국 병사가 그 동포를 감싸다니, 대체 이유가 뭐냐?"

몇 초 동안의 침묵.

허공을 쳐다보던 진이 소파에 앉은 채 몸을 앞으로 수그렸다.

"우리에겐 잘된 일일지도 몰라."

"앗, 진 오빠, 움직이지 말라니까. 붕대를 제대로 감을 수 없잖아."

"대충 해도 돼."

진은 붕대는 네네에게 맡겨놓고 강한 어조로 말을 이었다.

"요컨대 엊그제 만난 그 성령 부대는, 이스카, 네가 1년 전에 탈옥시켰던 마녀를 노리고 있다는 거지? 그렇다면 그 마녀가 죄인인지 배신자인지는 몰라도, 가면 경이란 놈이 우리를 공격하려고 알사미라에 머무를 가능성은 없을 거야."

시스벨은 그날 밤에 이 나라에서 빠져나갔을 테고.

아마 근처에 있는 외국이나 네뷸리스 황청 본국으로 갔을 것이다.

그리고 가면 경이 이끄는 성령 부대도 시스벨을 쫓아갔다고 생각하는 것이 타당할 것이다. 그들이 제907부대에 집착할 만한 요소는 없어 보였다.

"어때? 이스카. 내 말이 맞아?"

"응, 나도 그렇게 생각해. 엊그제 밤에 싸움이 일어나긴 했지만, 우리는 오히려 여기 계속 머무는 편이 안전할 거야."

"바캉스 속행이군. 너무 느긋하게 있을 수도 없지만…… 그나저나."

진은 실내를 두리번두리번 둘러봤다.

이곳에 있는 사람은 이스카, 진, 네네 세 사람뿐. 나머지 한 명이 없었다.

"보스는 아직도 안 돌아온 거야? 보스답지 않게 위층에 있는 헬스장에 트레이닝 하러 간다더니, 당연히 30분 만에 싫증낼 줄 알았는데."

"그만큼 의욕이 생긴 게 아닐까?"

부하가 자신을 지키려다가 부상을 당했다.

그래서 분하고 억울했기 때문에, 미스미스가 정신 차리고 의욕적으로 오늘부터 자율 훈련에 매진하기 시작한 것이다.

"음, 그래도 너무 늦는 것 같은데. ……괜찮은 걸까?"

"아, 그럼 네네가 가서 보고 올까?"

네네가 일어나서 방구석으로 향했다.

그리고 어째서인지 가방에서 수건과 새 옷을 꺼내어 손가방에 집어넣었다.

"네네, 수건은 왜 챙겨?"

"이거? 대장을 데리러 갈 때 필요한 거야."

"……?"

"괜찮아, 네네는 다~ 알거든. 그냥 맡겨둬. 그럼 다녀올게~!"

호텔 위층의 헬스장.

러닝머신, 실내 자전거 등 유산소 운동기구들이 즐비하게 널려 있었다.

이곳에는 병설 수영장이 있고, 덤으로 남자용/여자용으로 구별된 통로를 따라 쭉 들어가면 새하얀 증기가 피어나는 공간도 나타났다.

사우나실.

"아아아, 행복해……."

자작나무 향기가 나는 나무 사우나.

아직 이른 아침이라 아무도 없는 그 작은 방 안에서 미스미스 부대장은 느긋하게 쉬면서 잠시나마 호사를 누리고 있었다.

미스미스 클라스.

스물두 살 어엿한 성인 여성이지만, 열여섯 살인 네네보다 더 어려 보이는 외모의 소유자. 지금도 어린이 요금을 내고 영화관에 들어갈 수 있는 것이 특징이었다.

키와 몸무게는 둘 다 제국군 규정 수치를 넘을락 말락 한 수준.

입대할 때에는 몰래 양말 속에 깔창을 집어넣고 시험에 합격했다는 이야기도 있었다.

"헬스장에서 실컷 땀 흘리고 수영장에서 한껏 체력을 소모하고, 사우나에서 느긋하게 몸과 마음을 쉬게 해주는 거지…… 아아, 정말 사치스럽다……."

가느다란 목을 타고 흐르는 굵은 땀방울.

알몸에 수건 한 장만 걸친 자유분방한 스타일로 편하게 누워 있는 미스미스. 몸에 두른 수건이 다소 흐트러져도 신경 쓰지 않았다.

"새벽이니까. 나 말고 아무도 없잖아."

자기 집 침대에 있는 듯한 해방감.

헬스장에서 운동하느라 완전히 지쳐버린 몸이 증기 덕분에 서서히 따뜻해지는 감각이 무척 기분 좋게 느껴졌다.

"이스카 군도 적들은 국외로 나갔을 거라고 했잖아? 뭐, 그게 아니어도 리조트 안에서 우리를 공격할 리도 없고."

호텔에서 총격이라도 벌어지면 큰일 날 테니까.

독립국가로 분류되는 나라는 중립도시와는 달리 중립을 선언하지 않았다.

만약 성령술사가 이 호텔을 공격한다면, 이 나라는 즉시 황청과 싸우겠다고 선언할 것이다. 그것이 억지력으로 작용했다.

"그러니까 우리는 여기서 편안하게 대기하면…… 휴~ 기분 좋다."

뒹굴 굴러 바닥에 드러누웠다.

증기로 흐릿해진 천장을 멍하니 쳐다봤다. 사우나가 워낙 편안해서 그런지 점점 눈꺼풀이 무거워지기 시작했다.

"아아…… 이대로 낮잠 자고 싶다."

"대장님, 땀을 너무 많이 흘리면 탈수 상태에 빠질 거야."

"아냐~ 괜찮아. 네네야. 그런 고지식한 말 하지 마. ……어?"

눈을 깜빡깜빡하더니 손으로 비볐다.

뿌연 증기 속에서 수건을 두른 포니테일 소녀의 얼굴이 나타났다.

"역시 여기 있었구나!"

"네네, 너도 땀 빼러 온 거야?"

"아니야. 대장님의 상태를 확인하러 온 거야. 어휴, 이런 데 누워 있다니……."

칠칠치 못한 자세로 누워 있는 대장. 부하는 그 모습을 내려다보면서 한심하다는 듯이 팔짱을 꼈다.

그 시선이 흐트러진 수건 가장자리로 향했고.

안으로 쏙 들어간 배꼽에서 그대로 위로 올라가, 바닥에 누워 있는데도 봉긋하게 솟아 있는 두 개의 언덕에 오래오래 머물렀다. 사우나의 증기 때문에 분홍빛으로 물든 그 언덕 사이의 골짜기로 가슴의 땀방울이 미끄러져 떨어지는 광경은 무척 선정적이었다.

그러나 이렇게 벌렁 누워 있는 미스미스의 모습을 보니, 부하로선 좀 부끄러웠다.

"대장님, 다 보여~."

"허억?!"

"네네는 다 알아. 대장님 같은 사람을 '노출광'이라고 부르는 거지?"

"아, 아니야! 그냥 잠깐 방심했을 뿐이야!"

허둥지둥 똑바로 앉더니 흐트러진 수건을 잘 여미는 미스미스.

"저기, 네네야. 너도 여기 와서 앉아봐."

"어~ 글쎄, 그럼 잠깐만 앉아볼까? 대장님이 잠들지 않게 감시해야 하니까."

네네가 옆에 앉았다.

그 직후——.

삐걱. 나무문이 소리 내어 열렸다. 그리고 조그만 소녀가 사우나실에 들어왔다.

"실례합니다."

가슴을 가린 얇은 수건.

증기 속에서도 그 불그스름한 금빛 머리카락은 선명하게 빛났고, 사랑스러운 외모와 작은 키는 공주님 인형을 연상시켰다.

그 모습을 본 미스미스는 묘하게 낯이 익다는 생각을 했다.

어디서 만났었나?

사우나실 안이라서 머리를 길게 풀어헤쳤기 때문에 확신하긴 어려웠지만, 어쩌면 이 소녀는…….

"있잖아, 대장님. 저 아이. 어디서 본 적 있지 않아?"

"네네야, 너도 역시 그렇게 생각하는구나? 그런데 누구지?"

길거리에서 우연히 재회한 것과는 사정이 달랐다.

지금 그들은 옷을 다 벗고 머리카락도 풀어헤쳤으니까. 누구인지 알아볼 만한 단서는 오직 얼굴밖에 없었다.

"……으음……."

미스미스와 네네가 고개를 갸웃거리는 사이에.

그 소녀가 먼저 바닥에 앉아 있는 미스미스에게 다가왔다. 아무 말도 하지 않고 침묵을 지키면서, 직립 부동 자세로 미스미스를 머리끝에서 발끝까지 샅샅이 훑어본 다음에.

갑자기 살짝 웃었다.

"이봐요, 거기 당신."

"네? 저요?"

"네, 당신이요. 이거——."

손을 뻗었다.

그 손가락이 정확히 미스미스의 왼쪽 어깨로 다가왔다. 그리고 제때 반응할 틈도 없이.

"이건 뭐죠?"

어깨에 붙어 있던 살색 밴드가 벗겨졌다.

흘러나오는 성령광(星靈光)——.

미스미스의 어깨에 있는 성문에서 선명한 초록색 빛이 퍼져 나왔다.

"앗…… 뭐, 뭐 하는 거야?!"

"대장님, 안 돼! 어서 숨겨!"

제일 먼저 반응한 사람은 네네였다.

자기 몸을 가리던 수건으로 대장의 어깨를 재빨리 덮어서, 그 환하게 빛나는 마녀의 증거를 숨겼다.

사우나실에 있는 사람은 세 명.

그 외의 목격자는 없었다. 그러나 언제 누가 들어올지 알 수 없었다.

제국 이외의 장소에서 공공연하게 「마녀」를 적대시하는 인간은 없을 테지만, 잠재적 혐오감을 품고 있는 사람은 적지 않을 것이다.

"이봐, 뭐 하는 짓이야?!"

수건을 벗어던진 네네는 알몸인데도 개의치 않고 소녀에게 대들었다. 거의 비슷한 나이 또래였지만 키는 네네가 훨씬 더 컸다.

"이건 상처를 숨기는 의료용 테이핑이야. 그런데 그걸 멋대로 떼어내다니!"

"그, 그래요? 미안해요."

소녀는 당황한 것처럼 보였다.

"고의적으로 그런 건 아니에요. 저, 그런데 제가 **마침 비상용을 가지고 있거든요.**"

"……비상용?"

"제국 제품으로는 안심이 안 되잖아요? 그걸로 빛은 가릴 수 있어도, 눈에 보이지 않는 성령 에너지는 계속 밖으로 흘러나오니까요."

소녀가 들고 있는 유백색 밴드.

익숙한 손놀림으로 미스미스의 성문 위에 그것을 붙이자, 넘쳐흐르던 성령 에너지의 빛이 순식간에 사라지기 시작했다.

너무나 빨랐다.

제국의 의료용 테이핑으로는 이렇게 빨리 빛을 없애지 못하는데.

"앗……?!"

눈을 휘둥그렇게 뜨는 네네.

당사자인 미스미스도 무슨 일이 일어났는지 몰라 얼떨떨하게 자기 피부를 들여다보기만 했다.

"내수성 밴드이지만, 그래도 물에 너무 푹 담그진 마세요."

소녀가 빙글 돌아섰다.

사우나실 문에 손을 댔을 때, 뒤에서 미스미스가 허겁지겁 말을 걸었다.

"자, 잠깐만! 너는——!"

"사우나는 좋아하지 않아요. 그리고 벌거벗고 대화하는 데에도 익숙하지 않고요."

살짝 고개를 돌려 옆얼굴만 보여주더니.

증기 속에서 두 볼이 발그레해진 소녀가 품위 있는 미소를 지었다.

"호텔 17층에 있는 카페에서 기다릴게요."

2

그 시각——.

네뷸리스 왕궁 「여왕의 방」.

아직 태양이 하늘 꼭대기까지 떠오르지 않은 시각에 앨리스는 네뷸리스 여왕과 나란히 서 있었다.

그리고 등 뒤에는 시종인 린이 있었다.

지금 여왕의 방에 남아 있는 사람은 이 세 명이 전부였다.

"어마마마, 정말 이래도 되는 건가요……?"

"일리티아 말입니까? 당신은 걱정할 필요 없어요."

언니 일리티아는 퇴실했다.

그 점에 신경 쓰는 앨리스와는 대조적으로 여왕은 침착하게 말했다.

"제가 있으면 시스벨에 관한 이야기를 하기 어려울 테지요"

"왜냐하면 제가 그 아이의 행선지를 조아 가문에 가르쳐줬다는 의혹이 아직 풀리지 않았으니까요."

일리티아가 배신자일 경우.

여기서 앨리스가 시스벨에 관한 보고를 하면, 그 정보가 또다시 일리티아를 통해 조아 가문까지 흘러 들어갈 것이다.

그래서 언니는 스스로 배려심을 발휘해 퇴실했다.

……뭐, 말은 그렇게 해도.

……이러면 마치 내가 언니를 쫓아낸 것 같잖아.

삼녀 시스벨의 동향을 어머니에게만 보고한 것도 사실 차녀인 앨리스 입장에서는 썩 내키지 않는 일이었다.

나중에 일리티아 언니에게 개인적으로 사과하자.

속으로 그렇게 결심하고 나서 여왕을 쳐다봤다.

"다소——."

여왕의 입술 사이로 한숨이 흘러나왔다.

"다소 일이 골치 아파졌군요. 그 아이가 제국과 관계를 맺었다는 의혹이 제기되다니. 그것도 가면 경에 의해서."

"……네."

"조아 가문은 절호의 기회라고 생각할 겁니다. 우리 루 가문의 지위를 약화시키고 차기 여왕 자리를 노릴 수 있는 최적의 조건이라고 생각할 테죠. 이게 도대체 무슨 일인지……."

스테인드글라스를 우러러보는 여왕. 한편 앨리스는 시종인 린과 몰래 눈을 맞추고 고개를 끄덕였다.

——이러면 되는 거지?

그 의도를 파악한 린이 똑같이 고개를 끄덕거렸다.

"어마마마. 시스벨은 한동안 몸을 숨길 거라고 했습니다."

앨리스가 여왕에게 보고할 사항은 다섯 개.

첫째. 동생 시스벨은 1년 전 이스카라는 제국 병사의 도움을 받은 적이 있었다.

둘째. 독립국가 알사미라에서 그 제국 병사와 우연히 다시 만났다.
셋째. 시스벨은 자신을 구해준 동기를 알고 싶어서 그에게 접근했다.
넷째. 가면 경이 그 장면을 목격했다.
다섯째. 가면 경은 시스벨을 조국의 배신자로서 적발하고 싶어 한다.
이것은 앨리스가 동생에게서 직접 들은 이야기였다.
물론 이스카와의 관계를 들었을 때에는 앨리스도 자기 귀를 의심했다.

"발단은 1년 전에 있었던 사건이에요"
"그때 나는 실수로 제국군에 붙잡혔는데, 제국 병사가 나를 도와줬어요."

그 병사가 이스카였다고 한다.
그는 제국군의 사도성인데도 마녀 탈옥 방조죄를 지었으므로 일개 병사로 강등되어 전장에 내보내졌고, 거기서 앨리스와 만난 것이다.
……어? 뭐야. 그럼 시스벨이 나보다 먼저 이스카를 만난 건가?
……아, 아냐! 누가 먼저인지는 중요하지 않아!
나와 이스카는 서로를 라이벌로 인정한 사이이다.

내 동생처럼 어쩌다 우연히 알게 된 사이가 아니다. 훨씬 더 복잡하고 운명적인 관계. 제국과 황청을 각각 대표하는 관계라고 할 만했다.

이제 와서 타인이 끼어들 여지는 없다. 없을 것이다.

"그래, 맞아. 절대로 시스벨한테 이스———."

"앨리스 님."

"앗…… 어, 어마마마, 아무것도 아니에요…… 아, 아하하하."

당황하여 억지웃음을 꾸며냈다.

그걸 보고 린이 앞으로 나섰다.

"여왕 폐하, 외람되오나 드릴 말씀이 있습니다."

"뭐죠? 린. 말해보세요."

"앨리스 님께서 보고하신 내용 중 네 번째 항목에 관한 것입니다."

"……가면 경 말입니까?"

린의 말을 듣고 여왕의 입술에서 또다시 무거운 한숨이 흘러나왔다.

"시스벨 님은 여왕 폐하의 명을 받고 독립국가 알사미라로 향했습니다. 그런데 거기서 가면 경이 기다리고 있었죠. 이건 명백히 불온한 일입니다."

"…………."

"누군가가 시스벨 님의 행선지를 조아 가문에 누설한 것이 틀림없습니다. 그런데 중요한 것은 인선(人選)이에요. 그곳에 가면 경이 직접 온 것이 문제입니다."

조아 가문 내에서도 거의 당주에 가까운 거물.

그가 직접 움직인 이유는 시스벨의 입장이 위태로워질 만한 사건이 발생하리란 것을 예측했기 때문이다. 아마 확증이 없었다면 일부러 타국까지 가지는 않았을 것이다.

……즉, 가면 경은 시스벨과 제국 병사의 밀회를 예측했다.

……이상하다. 시스벨은 이스카와 우연히 재회했다고 주장했는데.

이 두 가지 사실이 모순된다.

그렇다면——.

"여왕 폐하. 무례한 발언임을 알면서도 감히 한 말씀 올리겠습니다."

그렇게 말하는 린의 말투에서 이미 엄청난 긴장감이 묻어 나오고 있었다.

"저는 추측을 해봤습니다. **시스벨 님의 행선지를 조아 가문에 알려준 사람은, 그와 동시에 제국군과도 관계가 있지 않을까요?**"

"그 근거는?"

"이 상황이 근거가 됩니다."

린은 망설임 없이 단언했다.

그래. 이것이 바로 앨리스와 린이 황청으로 돌아오는 사이에 도출한 결론이었다.

"가면 경 같은 거물이 알사미라에 갔습니다. 즉, 조아 가문은 이번 사건이 발생할 거라고 확신했다는 뜻입니다. 시스벨 님이 제국 병사와 접촉하리라고 확신한 거죠."

"……그래서요?"

"제국군의 동향을 모른다면 그럴 순 없습니다. 제국군 부대가 알사미라에 있다. 그 정보를 미리 알고 있었기 때문에 『배신자』는 완벽한 타이밍을 노려서 조아 가문에게 이야기해줬을 겁니다. 시스벨 님의 행선지를."

확신이 있었던 것이다.

불과 산소가 결합하면 격렬한 폭발이 일어나듯이——.

제3왕녀 시스벨과 제국 병사 이스카가 마주치면 어떤 화학반응이 일어날지 알고 있었다.

"린."

여왕은 앨리스 옆에 서 있는 시종에게 질문했다.

"당신은 그 『배신자』가 누구인지 짐작하고 있습니까?"

"……네. 소거법을 사용한다면."

"말해보세요. 내가 허가할 테니."

"제1왕녀님이십니다."

"그렇겠죠."

여왕은 너무나 쉽게 대답했다. 앨리스가 얼이 빠져버릴 정도로.

"나도 같은 추리를 했습니다. 그래서 그 아이를 혼자 여기로 불러냈던 겁니다."

그러나 일리티아가 범인이라는 확증은 없다.

게다가 일리티아는 앨리스의 언니이자 여왕의 친딸이다. 심정적으로도 가족들 중에 배신자가 있다고 생각하고 싶지는 않았다.

"앨리스. 시스벨은 지금 어디 있습니까?"

"한동안 몸을 숨길 거라고 했습니다. 자신이 있는 장소를 조아 가문에게 알려준 배신자가 존재하는 것은 확실하니까요. 그게 누구인지 밝혀내기 전까지는, 황청에 돌아오면 위험할 거라고 판단한 거죠."

"그럼 알사미라에 계속 체재한다는 건가요?"

"……아마 그럴 겁니다. 물론 이동할 가능성도 있고요."

주변 국가에 가서 숨을 가능성은 있었다. 조아 가문의 감시망에서 벗어나려면 알사미라 밖으로 나가는 편이 나으니까.

"그 아이의 성령은 자기 방어에는 적합하지 않습니다. 그 아이는 싫어할지도 모르지만, 저의 호위병을 보내도록 하죠. ……이리 오세요. 키사사게, 와비크."

딱. 밀라베어 여왕이 손가락을 튕겨 소리를 냈다.

작고도 경쾌한 소리가 벽에 부딪쳐 울리다가 몇 초 만에 사라질 무렵.

"다 듣고 있었죠? 시스벨을 보호하러 가세요."

"——네!"

"시스벨 아가씨는 소중한 분이십니다. 무사히 왕궁으로 모셔올 것을 맹세합니다."

일렁.

아지랑이처럼 홀연히 나타나 여왕에게 예를 갖추는 남녀 성령술사. 둘 다 『왕궁 수호성』이라고 불리는 왕가의 호위병이었다.

……어마마마의 친위대.

……어휴, 오늘도 깜짝 놀랐네.

이 두 사람은 처음부터 이 방 안에 있었다.

완벽한 무음, 투명 불가시 상태.

제국군의 최신 광학 위장 기술조차 능가하는 밀행 능력의 성령을 지니고 있으므로, 늘 이렇게 대기하고 있다고 한다.

대기한다——고 단언하지 못하는 이유는, 앨리스도 이 두 사람이 가시적인 형태로 존재하는 장면을 한 손으로 꼽을 정도로밖에 못 봤기 때문이다.

"그 아이가 여전히 알사미라에 머물러 있다면 호위하기 쉬워질 텐데요. 과연 어떨지. 일이 잘 풀리면 좋을 텐데."

사라지는 두 명의 왕궁 수호성.

그들은 즉시 여왕의 방을 떠났다. 한편 여왕은 팔짱을 끼면서 입을 열었다.

"그러고 보니 앨리스, 확인차 질문을 하나 하고 싶습니다."

"네. 무슨 질문이신가요?"

"알사미라에서 시스벨이 만났다는 그 제국 병사. 당신은 그 사람의 얼굴을 봤습니까? 도대체 어떤 자입니까?"

"저는 모릅니다."

옆에서 린이 뭔가 말하고 싶어 했지만 무시했다.

"알사미라에서 만나지도 않았고 전장에서도 만나지 않았습니다. 중립도시에서도 만나지 않았고요. 어, 린, 또 어디가 있지?"

"말씀을 너무 많이 하시지 않는 편이 현명하실 것 같은데요."

"아, 맞아. 어마마마, 그런 고로 저는 전혀 모릅니다. 이스카라는 제국 병사에 관해서는 정말 하나도 몰라요."

"지나치게 강조해서 수상하네요."

"시, 시끄러워, 린! 아이참……!"

단호하게.

앨리스는 고개를 홱 돌려 딴 데를 보면서 대답했다.

3

독립국가 알사미라——.

가넷 호텔 17층 카페 라운지.

"손님, 무엇을 주문하시겠어요?"

"딸기 셰이크를 주문할게요."

딸기처럼 불그스름한 금빛 머리카락을 지닌 원피스 차림의 소녀가 생긋 웃으면서 점원에게 음식을 주문했다. 그리고 이쪽을 향해 고개를 끄덕였다.

"여러분, 모두들 모여 주셔서 고맙습니다. 어, 미스미스 대장님, 이스카, 네네. 진. 혹시 제가 잘못 알고 있는 이름이 있다면 가르쳐주세요."

시스벨 루 네뷸리스 9세.

시조 네뷸리스의 혈통이자 현(現) 네뷸리스 여왕의 딸. 그 소녀가 눈앞에 있는 제국군 네 명의 이름을 하나하나 부르더니.
"아 참, 미리 말씀드릴게요. 여러분의 이름은 제가 조사한 겁니다. 이스카가 가르쳐준 것이 아니에요."
"그건 부차적인 문제야."
테이블을 사이에 둔 6인용 좌석.
이스카, 네네, 미스미스가 한쪽 소파에 앉았고, 맞은편에 있는 소파에는 시스벨이 혼자 편안하게 앉아 있었다.
방금 대답한 저격수 진은 소파를 마다하고 계속 서 있었다.
"네가 누구인지는 이스카한테서 이미 들었어. 용건을 말해봐."
"네. 그런데 당신은 계속 서 계실 건가요?"
"자리가 없잖아?"
"제 옆자리가 비어 있는데요."
어른 세 사람은 충분히 앉을 정도로 커다란 고급 가죽 소파. 몸집이 작은 여성이라면 네 명이 앉아도 자리가 남을 것이다.
탁탁. 시스벨이 양옆의 자리를 손으로 두드렸다.
"자, 여기요. 오른쪽이든 왼쪽이든 상관없으니 원하는 곳에 앉으세요."
진은 침묵했다.
그러자 청순가련한 마녀가 눈을 가늘게 떴다.
"아. 혹시──."
도발적인 눈빛이었다.
"저 같은 마녀와 합석하기는 싫으신가요?"

"제국 병사와 잡담이나 하는 게 목적이냐? 그럼 난 이만 돌아가겠어."

"……."

"유익한 이야기를 나누기 위해서라면 합석이든지 뭐든지 다 할 수 있어. 그러니까 먼저 용건부터 말해봐."

침묵하는 시스벨.

그러나 곧 쓴웃음을 지으며 숨을 내쉬었다.

"네, 그래요. 죄송합니다. 이스카는 그렇다 쳐도, 여러분의 인품이 어떤지 저는 모르니까요. 반응이 궁금해서 한번 떠봤던 겁니다. ……지금부터는 당신이 원하시는 대로 유익한 이야기를 해볼게요. 그래도 될까요? 미스미스 대장님."

"네, 네엣?!"

자기 이름이 불린 순간, 대장은 소파에서 힘차게 튀어 오르듯 일어났다.

마치 상관에게 소집당한 것처럼 긴장한 모습이었다.

……아, 어쩌지. 이건 위험한데.

……대장이 긴장해서 딱딱하게 굳어버렸네.

그러나 그걸 비난할 수는 없었다.

목적을 알 수 없는 마녀가 불쑥 나타나서 협상을 요구한 것이다. 당황하여 머리가 백지상태가 되어버리는 것도 이해가 갔다.

"으음, 안 되겠다. 보스, 일단 자리에 앉아. 서 있으면 눈에 띄니까── 이봐, 이스카."

"……알았어."

이스카는 네네와 진을 보고 고개를 끄덕이더니 가볍게 손을 들었다.

"내가 이야기를 들을게. 그래도 될까?"

"네, 물론이죠!"

"……갑자기 목소리가 확 밝아진 것 같은데?"

"신경 쓰지 마세요. 저도 아는 사람과 대화하는 것이 더 편하니까…… 으, 으흠. 이스카. 반가워요. 이틀 만이네요."

천연덕스러운 한마디였다.

이스카는 속으로 한숨이라도 내쉬고픈 심정이었다.

순혈종 시스벨의 성령은「등불」. 수많은 성령들 중에서도 특히 진귀한 시공 간섭 계열의 성령술로서, 과거의 사상(事象)을 영상으로 재현한다.

……그러니까 어제 나와 만나지 않았어도.

……우리의 행동을 모조리 성령의 힘으로 엿봤을 거 아냐?

이 호텔을 알아낸 시점에서 그건 이미 명백했다. 어제오늘에 걸쳐 지금까지 우리가 한 행동은 모두 다 시스벨에게 알려졌다고 보는 게 현명할 것이다.

"난 네가 일찌감치 국외로 도망쳤을 거라고 생각했어."

제국 부대와는 사정이 다르다.

시스벨은 네뷸리스 황청의 왕녀다. 적들이 노리는 인물이고, 또 가면 경도 시스벨이 여기 있다는 사실을 알고 있다.

따라서 최대한 빨리 몸을 숨길 것이다. 그 외의 가능성 따윈 생각해보지도 못했는데.

"아직도 여기 있을 줄이야……."

"네, 물론 국외로 빠져나갈 거예요. 지금부터 서둘러서."

마녀 공주가 생글생글 웃으며 긍정했다.

"여러분을 데리고 갈 겁니다."

주문한 딸기 셰이크가 나왔다.

시스벨이 점원에게 팁을 주고, 그 점원이 주방 쪽으로 사라져 갈 때까지. 그 누구도 입을 열지 못했다.

제국 부대를 데리고 간다고?

"그게 무슨 뜻이야? 우리는 순순히 포로가 될 마음은 없어. 알지?"

"여러분께 저를 호위하는 일을 의뢰하고 싶습니다."

"……뭐라고?"

진의 미간에 주름이 잡혔다.

짜증과 곤혹이 동시에 느껴졌다. 상대의 말이 너무나 비상식적이라서.

"무슨 뜻인지 모르겠군. 호위라니? 우리 네 사람이 너를 지키는 호위병이 되길 바란다는 거냐?"

"네."

시스벨이 순진무구한 미소를 지으며 인정했다.

"네뷸리스 황청 왕궁으로 가고 싶습니다. 거기까지 가는 동안에 저를 공격해오는 성령 부대를 물리치는 것. 그 역할을 여러분께 맡기고 싶습니다."

"사양하겠다. 이봐, 보스, 이스카, 네네. 이만 철수하자. 이런 곳에서 적과 느긋하게 잡담하다가 사령부에게 들키기라도 하면 괜히 우리한테도 불똥이 튈 거야."

"거짓말하지 마세요."

"……뭐라고?"

"제국군에게 들키고 싶지 않은 비밀은 따로 있잖아요. 여기 계신 대장님이 마녀라는 사실. 그렇죠?"

테이블을 사이에 두고――.

마녀의 나라의 왕녀가, 얼마 전에 마녀가 된 대장을 쳐다봤다. 성문이 숨겨져 있는 그 왼쪽 어깨를.

"이스카. 내 말이 맞지요?"

"……알고 있었어?"

시스벨의 능력이라면 그걸 알아내고도 남았을 것이다.

게다가 그럴 만한 사건도 있었다.

"혹시 엊그제 오브젝트가 습격했을 때 알게 된 거야?"

"성령 에너지 감지. 하나, 둘, 셋, 넷, 다섯…… 여섯. 집계 완료."

가면 경과 부하들 네 명이 다섯.

그리고 미스미스까지 포함해서 여섯.

제국의「마녀사냥 기체(機體)」는 미스미스를 마녀로서 기록했다.

"네. 그 장면을 확인해봤습니다. 그리고 미스미스 대장님. 당신이 어떤 사람인지는 모르지만, 아마 어깨에 있는 그 성문은 후천적으로 생긴 것 같은데요. 맞습니까?"

"!"

조그만 여대장이 흠칫했다.

"선천적인 성령술사는 더 이상 제국에서는 태어나지 않을 겁니다. 게다가 그런 테이핑으로 성문을 가리는 것은 치졸한 방법이지요. 그런 임시방편으로는 성령 에너지를 숨길 수 없으니까요."

시스벨의 손바닥 위에 놓인 밴드.

그것은 현재 미스미스의 어깨에 붙어 있는 것과 동일한 물건이었다.

"『네뷸라(성철, 星鐵)』라고 불리는 특수 소재입니다. 성령 에너지 누출을 방지하는 소재는 아직 제국에는 존재하지 않을 거예요. 그렇죠?"

"……맞아."

이스카는 미스미스에게도 들리게끔 일부러 소리 내어 수긍했다.

이제야 이해했다.

이 마녀 공주가「자기를 호위해주는 대가」로 우리에게 무엇을 제공해줄 생각인지.

……이렇게 나오다니.

……그래, 그건 현재 우리에게는 정말로 필요한 물건이었다.

무슨 수를 써서라도 손에 넣어야 한다.

제국에는 없다.

그러나 황청에는 있다.

미스미스 대장이 마녀로 변했다는 사실을 숨길 수 있는 수단이.

"저를 호위해주신다면, 그 대가로 성문을 숨기는 지식을 제공해드리겠습니다. 이 밴드가 있으면, 제국령 내에서도 두려워할 필요가 없을 겁니다."

정적이 흘렀다.

이스카와 네네는 입을 꾹 다물고 있었고, 미스미스는 자기 왼쪽 어깨를 손으로 누른 채 동요하여 입술을 파르르 떨고 있었다.

"제국을 배신하라는 것은 아닙니다. 저를 노리는 상대는 황청의 성령술사입니다. 제국군이 성령술사와 싸우는 것은 당연한 일이잖아요? 그렇죠, 미스미스 대장님?"

"……그, 그건……."

"일종의 휴전 협정을 맺자는 겁니다. 정당한 거래예요."

"이제 그만해."

"그래그래, 알았어."

이스카와 네네가 동시에 일갈했다.

일부러 입을 맞춘 것은 아니었다. 그러나 시스벨이 반사적으로 두 사람을 번갈아 쳐다볼 정도로 그들의 목소리는 완벽하게 겹쳐졌다.

일심동체. 지금 그들의 생각은 다 똑같을 것이다.

"알았어. 시스벨. 그렇게 하자. 계약은 성립됐어."

"?! 이, 이스카 군, 그게 무슨……?!"

"이건 우리들 전원의 의견이에요."

이스카는 자기 얼굴을 들여다보는 대장이 아니라, 소파에 앉아 있는 네네를 보면서 눈짓했다.

"어때, 맞지?"

"맞아. 대장님은 입장상 그런 제안을 할 수 없잖아? 마녀화(魔女化)를 숨기는 밴드를 가지고 싶어도, 적을 호위하자고 말할 수는 없으니까."

네네는 고개를 끄덕이면서 말을 이었다.

"그래서 우리가 자진해서 나선 거야. 이건 괜찮잖아?"

"……하, 하지만, 네네야!"

"그 대신 절대조건이 있다. 제국에 불이익이 되는 행동은 할 수 없어."

진이 무거운 입을 열었다.

딸기 셰이크를 입에 대는 왕녀를 날카롭게 내려다보면서.

"만약 제국군이 너를 추격한다면, 우리는 너를 구해주지 않을 거야."

"네, 좋아요."

"우리가 할 일은 딱 두 가지다. 첫째, 너와 동행한다. 둘째, 네가 성령부대의 습격을 받았을 때에만 반격에 나선다."

"알았어요."

"마지막으로 하나 더. 우리는 임무 기간이 아닌 50일 동안만 제국 바깥에 머무를 수 있어. 그중 너와 동행하는 데 할애할 수 있는 기간은 30일이다."

"알겠습니다."

"…………나 참. 상상도 못 해본 장기 휴가군."

진이 이마를 손으로 짚으면서 카페 라운지를 슬쩍 살펴봤다.

조식 시간이 끝날 무렵. 라운지 안에는 관광객들이 드문드문 앉아 있었고, 종업원도 바쁘게 테이블 사이를 돌아다니고 있었다.

"이건 민감한 주제니까. 나머지 이야기는 호텔 객실로 돌아가서…… 듣고 싶지만, 그 전에 하나만 더 물어보자. **적들이 너를 노리는 이유는 뭐냐?**"

"…………."

"그걸 모르면 호위할 수가 없어. 너를 노리는 이유에 따라서 적 성령부대의 규모도 달라질 테니까. 이에 대처하는 우리의 작전도 달라질 테고."

침묵하는 마녀 공주.

그 시선이 한순간 이스카를 향한 것은 결코 착각이 아닐 것이다.

"……황청은 하나로 단결된 조직이 아닙니다."

신중하게.

마녀는 단어 하나하나를 골라서 찬찬히 설명해 나갔다.

"**저는 왕궁의 가신 중 하나입니다.** 그런데 그 안에도 수많은 파벌과 사상이 존재하고 있어요. 제국도 마찬가지 아닌가요? 누가 승진하고 누가 탈락할지 경쟁하는 거죠. 그리고 저의 행동을 방해함으로써 이득을 보는 사람이 있는 겁니다."

"……그게 가면 경인지 뭔지 하는 녀석이야?"

"네. 그리고 하나 더 말씀드릴게요. 과장 없는 미래 이야기를."

아직도 긴장한 표정을 짓고 있는 여대장을 보면서 말을 이었다.

"제가 왕궁으로 돌아가지 않으면, 아마 1년 이내에 제국과 황청 사이에 전면전이 벌어질 겁니다. 틀림없이 어느 한쪽이 멸망할 때까지 서로 죽고 죽일 거예요."

"————저어언?!"

"대장님, 스톱!"

네네가 황급히 미스미스의 입을 막았다.

1초만 늦었어도 이 카페 라운지 안에 "전면전이라고?!"란 미스미스의 절규가 울려 퍼졌을 것이다.

"양국의 전면전은 이 별을 파멸시킬 것입니다. 그러니 한시라도 빨리 왕궁으로 돌아가야 해요. ……아, 그래요. 오히려 이 이야기를 먼저 하는 것이 나을 뻔했네요. 그러면 여러분도 심정적으로 저의 제안을 받아들일 수밖에 없었을 테니까요."

"그, 그게 무슨 뜻이야……?"

미스미스가 입술을 바들바들 떨면서 말했다.

"그건 제국의 대장으로서 흘려들을 수 없는 이야기인데……."

"그다음은 호텔 객실에 가서 말씀드리겠습니다. 혹시라도 누가 들으면 안 되니까요."

시스벨이 일어났다.

테이블 위에 있는 계산서를 들고 카페 라운지의 계산대로 걸어가면서 말했다.

"여러분의 객실로 갑시다. 아, 여기선 제가 계산할게요. 여러분과의 우호의 표시로서."

"너만 딸기 셰이크를 마셨잖아. 우리는 아무것도 주문하지 않았어."

"……한 말씀 드리자면."

긴 머리카락과 원피스 자락을 휘날리면서.

네뷸리스의 제3왕녀가 강한 눈빛으로 진을 똑바로 마주 봤다.

"제국 부대와 대화해야 하는 상황에서는 저도 긴장할 수밖에 없었습니다. 그러니까 갈증을 느끼고 딸기 셰이크를 주문하는 것쯤은 당연히 해도 되는 일이라고 생각해요."

"아니, 내 말은 그게 아니라. 네가 돈을 내는 게 당연한 일이라는——."

"자, 어서 갑시다."

"남의 말 좀 들어라."

이스카는 깨달았다.

……아, 이 조합은 위험하다.

……아마도 서로 말이 안 통할 것이다. 근본적인 성격 때문에.

이 왕녀의 다소 엉뚱한 마이페이스 기질과, 늘 완벽한 논리로 무장한 진은 성격적으로 어울리지 않았다.

"진, 괜찮겠어?"

"문제는 없어. 스트레스는 받을 것 같지만."

은발 저격수는 시원스럽게 성큼성큼 걸어갔다.

그리고 기세등등하게 단호한 어조로 딱 잘라 말했다.

"문제아가 보스 한 명에서 두 명으로 늘었을 뿐이니까. 30일 정도는 어떻게든 버틸 수 있어."

4

마녀의 낙원「네뷸리스 황청」.

이 나라는 과거에 시조 네뷸리스의 쌍둥이 여동생인 네뷸리스 1세가 건국했다. 그리고 그 후 셋으로 갈라진 3대 혈족이 왕가로서 이 나라를 지배하게 되었다.

현재 여왕이 속한 루 가문――.

제국과의 전쟁을 속행하면서 동지인 성령 부대의 희생을 줄여온 일족.

과격파 조아 가문――.

어떤 희생을 치르더라도 제국을 괴멸시켜야 한다고 주장하는 일족.

중도파인 히드라 가문――.

우수한 조언자로서 어느 시대의 여왕에게나 유연하게 잘 대처해온 일족.

세 개의 왕가.

그들이 각자 머무르는 세 개의 탑. 그중 하나가 루 가문의 본거지인 「별의 탑」이었다.

이곳에는 여왕의 침실과 앨리스의 방 등이 있었는데.

현재 앨리스는 자기 방이 아닌 다른 곳에 있었다.

"앨리스 님, 이런 곳에서 느긋하게 누워 계셔도 되는 거예요?"

"괜찮아. 침대잖아."

"괜찮지 않아요. 남의 방이잖아요."

"괜찮아. 어차피 아직 외국에 있을 테니까."

제3왕녀 시스벨의 방.

앨리스는 그곳에 있는 침대에 멋대로 드러누워 멍하니 천장을 쳐다보고 있었다.

……그 애가 돌아오면 성령의 힘으로 내가 여기 있었다는 사실도 알게 될 테지만.

……뭐 어때? 이미 알사미라에서 만났잖아.

그러고 보니.

동생과 똑바로 마주 보고 이야기를 나눈 게 얼마 만인지 몰랐다. 복도에서 우연히 마주쳐도 그 애는 나를 무시하거나, 무뚝뚝하게 "실례합니다" 하고 대화를 거절했었는데.

……조금 안심했다.

……실은 그동안 그 애가 무슨 생각을 하는지 알 수 없어서 약간 무서웠었다.

콘클라베 경쟁 상대이긴 해도 나의 가족이다. 앨리스는 동생과 대화하는 것이 언니로서 당연히 해야 할 일이라고 생각했다.

그런데 동생은 과연 어떻게 생각할까.

"언니, 이 제국 검사와 아는 사이인가요?"

오산이었다. 처음부터 끝까지 전부 다.

나와 이스카의 관계는 아무에게도 알리지 않기로 결심했었다. 그리고 설령 누군가가 뭔가를 목격하더라도, 제국 병사의 얼굴을 아는 사람은 없을 거라고 생각했다.

"……휴."

"앨리스 님, 왜 그러세요?『우울하다』고 주장하는 듯한 한숨을 다 쉬시고."

"있잖아, 린. 시스벨은 지금쯤 어디서 뭘 하고 있을까?"

"곧 알게 되겠죠. 여왕님의 호위병 두 명이 보호하러 갔으니까요."

시종의 대답은 냉정했다.

무난하고 객관적인 대답.

그러나 앨리스의 주관적인 생각은 달랐다. 뭔가 불길한 예감이 들었다.

"……설마. 그 애가 이스카와 같이 있는 건 아니겠지?"

"이스카. 역시 저의 생각이 옳았어요."

"당신을 제 부하로 삼을 때까지 포기하지 않을 겁니다. 반드시 당신을 저의 부하로 만들 거예요!"

퍽! 침대를 때리면서 벌떡 일어났다.

"웃기지 마!"

"앨리스 님, 왜 갑자기 흥분하셨어요?!"

"아냐, 난 냉정해. 그런데『당신을 제 부하로 삼을 거예요』라고……? 흥! 이스카는 내 거야. 함부로 손대면……!"

그때 시스벨이 보여준 그 표정.

촉촉해진 눈동자, 친언니에게도 보여준 적 없는 희망 찬 표정. 그건 도저히 용납할 수 없었다. 세상에, 어쩜 그렇게 태도가 확 달라질까?

"애초에 일국의 왕녀가 제국 병사를 부하로 삼는다는 것이 말이나 돼?! 정말 끔찍한 발상이야! 제국은 타도해야 할 대상이잖아!"

"앨리스 님도 전에 똑같은 말씀을 하셨던 것 같은데……."

"……린?"

"실언했습니다. 계속 말씀하십시오."

"아무튼! 이스카는 무슨 일이 있어도 황청에는 복종하지 않아. 그건 내가 누구보다도 잘 알아. 그런데 이게 뭐야?!"

이스카는 결코 성령술사와 화합하지 않는다.

그렇기 때문에――.

앨리스는 성령술사 대표로서, 제국을 대표하는 검사와 결판을 내고 싶어 하는 것이다.

"나는 이스카를 적으로서 인정하고 있는 거야. 전장에서 마주치면 용서하지 않을 거야. 전력을 다해 공격할 테니까 각오하라는 의미에서 라이벌이라고 부르는 거라고."

"네, 맞아요. 앨리스 님. 우리는 결코 화합할 수 없습니다."

"……맞아. 나와 이스카는 서로 싸울 수밖에 없어."

라이벌은 사이좋은 친구란 뜻이 아니다.

언젠가는 결투해야만 하는 「적」이라는 낙인. 친해질 수는 없다. 전장에서 누군가는 패배할 수밖에 없는 미래가 그들을 기다리고 있었다.

"나는, 그 정도는 각오하고 있어…… 그런데…… 내 동생은……."

이를 악물었다.

분노에 휩싸인 앨리스의 온몸에서 극한의 냉기가 흘러나오고 있었지만, 앨리스 본인은 그것을 눈치채지 못했다.

"역시 혼을 좀 내줘야 하나?"

"앨리스 님?! 지, 진정하세요, 방이 하얗게 얼어붙기 시작했어요!"

"어, 어머나?"

창문은 새하얗게 변했고.

커튼도 얼어서 그 위에 서리가 내렸다.

"앨리스 님 심정은 이해하지만 부디 관용을 베풀어주세요. 루 가문의 세 자매는 국민들에게도 사이좋은 자매로 알려져 있잖아요?"

"……응, 그렇지."

물론 정치적인 이유였다.

국민들 앞에서는 앨리스도 웃는 얼굴로 시스벨과 손을 잡고 있기도 했다. 단, 성에 들어온 순간부터는 동생은 말을 한마디도 하지 않고 입을 다물어버리지만.

"……좋아, 알았어."

진정하자.

크게 숨을 들이마셨다가 천천히 내쉬었다.

"이스카를 부하로 삼는다니. 아무리 그래도 진심은 아닐 거야. 응, 그렇다고 믿고 싶어."

침실에서 창문 밖으로 시선을 던져.

저 멀리 사막이 있는 방향을 바라보면서 앨리스는 한숨을 쉬었다.

Chapter.2

『자매 전쟁, 카운트다운』

the War ends the world /
raises the world

1

"아가씨, 국경을 통과했습니다."

"여러분, 다들 들으셨죠? 우리는 이제 알사미라 국경을 넘었습니다. 어디서 자객이 매복하고 있을지 모릅니다. 정신 바싹 차리세요."

드넓은 사막을 달려가는 버스——.

독립국가 알사미라를 둘러싼 이 사막은 대형 괴수 바실리스크(뱀의 왕)의 서식지로도 알려져 있었다.

인간이 지배하지 못하는 무법 지대.

그러나 괴수보다 더 위험한 것은 다름 아닌 인간의 습격일 것이다.

"구체적으로 말하자면, 그 가면 쓴 남자 일파를 경계해야 해요."

시스벨이 마치 승무원처럼 리무진 버스 안에서 큰 소리로 말했다. 힘이 넘치는 목소리. 분명히 이곳에 제국 부대 네 명이 동석하고 있기 때문이리라.

"적은 숫자가 많지는 않을 테지만 정예병입니다. 그들은 저를 구속하려고 할 거예요. 그러니까——."

"귀에 딱지 앉겠다."

가죽으로 된 좌석에 앉아 있는 진이 어이없다는 듯이 중얼거렸다.

"엊그제는 우리가 묵는 호텔에서. 어제는 네가 묵는 호텔에서. 한 번이면 충분한데 두 번이나 그 이야기를 들었고, 지금 세 번째로 듣는 거다."

"그, 그만큼 중요한 이야기라서 그래요!"

시스벨이 발끈한 표정으로 되받아쳤다.

"엊그제와 어제는 서로 질문하느라 바빴잖아요. 그래서 지금 복습하는 거예요."

"네뷸리스 황청의 배신자라며. 현재 여왕의 왕정을 전복시켜서 제국과 전면전을 벌이고 싶어 하는 녀석들."

"마, 맞아요!"

"그러나 현실적으로 우리는 그 이야기의 진위를 확인할 방법이 없어."

마녀의 말을 일방적으로 흘려 넘기는 제국 군인.

"극단적으로 말하자면, 실은 너야말로 왕정 전복을 꾀하는 배신자일 가능성도 배제할 수는 없어. 어차피 우리는 적의 사정에는 전혀 관여할 생각이 없어. 네뷸리스 여왕은 우리들 입장에서는 적군의 수장이다."

"…………."

"섣불리 관여했다가는 괜히 우리가 제국 사령부의 의심을 살 거야. 그런 위험은 감수하고 싶지 않다."

"……네. 그렇겠죠."

황청의 제3왕녀는 입술을 깨물었다.

그 등 뒤에서.

"완벽한 정론이야."

운전석에 앉아 있는 노인이 한마디 툭 내뱉었다.

"우리의 협상은 신뢰에 바탕을 둔 것이 아니라 전략적 호혜(互惠)다. 따라서 우리가 제공하는 정보도, 귀관들의 호위 행위와 관련된 것으로 한정할 수밖에 없어."

왕녀의 수행원 슈바르츠.

희끗희끗한 머리카락을 단정하게 정돈한 노인. 잘 차려입은 검은색 양복은 주름 하나 없이 늘씬하게 몸을 감싸고 있었다. '노회하다'라는 표현이 잘 어울리는 남자였다.

지금은 이 버스를 운전하면서 가면 경의 추격을 경계하고 있었다.

……린과 같은 시종인가.

……시스벨이 왕궁에서 유일하게 신뢰하는 남자라고 한다.

단, 결정적으로 다른 점은 전투력이었다. 앨리스의 호위병이기도 한 린과는 달리, 이 슈바르츠라는 노인의 성령은 전투에 적합하지 않은 모양이다.

"아가씨, 이건 비즈니스입니다. 감정적으로 행동할 필요는 없습니다."

"……나도 알아. 슈바르츠."

시스벨이 심호흡을 했다.

"아무튼 제가 하고 싶은 말은 이겁니다. 저를 노리는 자객을 물리치는 일은 여러분에게 맡기겠어요."

"어때? 보스. 괜찮지?"

"응? 으, 응, 괜찮아!"

좌석에 앉아 있던 여대장이 허둥지둥 허리를 곧게 폈다.

"하, 하지만, 이번 한 번뿐이에요! 이번 일이 끝나면 두 번 다시 우리와 접촉하지 말아주세요!"

"물론이죠. 그 대신 이 기간 동안에는 열심히 활동해주시길 바랄게요. 우리는 지금만은 국경을 뛰어넘은 친애하는 비즈니스 파트너니까요."

시스벨은 만족스럽게 고개를 끄덕이더니, 우아하게 버스 안을 걸어 이쪽으로 다가왔다.

그리고.

"자, 이스카. 이제 알았죠?"

"뭐를?"

"오늘부터 당신은 제 부하예요!"

미스미스와 이스카 사이――.

거기에 끼어들다시피 하면서 마녀 공주가 기운차게 자리에 앉았다. 그리고 팔을 뻗어 이스카와 팔짱을 끼면서 딱 달라붙었다.

"이건 별의 운명이에요. 우리는 틀림없이 멋진 주종관계를 맺을 수 있을 거예요."

"……어, 저기……."

"앞으로 어떤 고난이 닥쳐와도 우리 함께 해결해나가도록 해요."

"나는 호위병이잖아?"

내가 언제부터 부하가 된 거지?

비즈니스 파트너라고 했잖아. 그럼 대등한 관계 아닌가?

"아 참, 그랬죠. 실례했습니다."

우와, 부자연스럽네.

처음부터 다 알고서 그런 말을 한 것처럼 장난스러운 미소를 짓는 시스벨. 그런데 기분 탓일까? 어째 서로의 피부가 너무 가까이 닿은 것 같았다.

얇은 원피스 너머로 소녀의 가슴이 나에게 밀착하는 감촉이 느껴졌다. 작지만 분명하게 느껴지는 압력과 부드러움.

지그시.

열렬하고 촉촉한 눈동자로 이쪽을 쳐다보는 시스벨.

"당신만 괜찮다면, 언제든지 제 부하로 받아줄 수도 있어요."

"앗, 그건 아니지————!"

"반대합니다! 네네는 무조건———결사반대야!"

네네와 미스미스의 노호가 버스 안에 울려 퍼졌다.

"무, 무무무무슨 소리를 하는 거야, 이 마녀가?! 이스카 군은 내 부하야!"

"어머나? 미스미스 대장님. 당신도 마녀잖아요?"

"이스카 오빠는 네네의 동료거든?! 네 마음대로 빼앗으려고 하지 마!"

"지금은 저도 동료입니다. 아무 문제 없잖아요?"

서로 째려보는 세 사람.

그런데 의외로 시스벨이 제일 먼저 물러섰다.

"……뭐, 그만큼 의지가 된다는 거예요. 보다시피 저의 아군은 슈바르츠밖에 없거든요."

그 점에 대해서는 아무도 의문을 표하지 않았다.

시스벨의 신분과 목적에 대해서는 제907부대는 일절 관여하지 않는다. 진이 그러자고 제안했고, 미스미스 대장도 승낙했다.

……제국 사령부의 의심을 사지 않기 위해서이지만.

……결과적으로 시스벨은 자기 정체를 밝히지 않아도 되었다.

제3왕녀 시스벨――.

이스카가 알고 있는 이 소녀의 목적은 크게 두 가지였다.

첫째, 어머니인 여왕의 목숨을 지키는 것.

둘째, 국가 전복을 꾀하는 배신자를 색출하는 것. 시스벨의 성령을 사용한다면 충분히 가능한 일이다. 시간만 있으면.

그 사실을 아는 사람은 오직 이스카 하나뿐이었다.

미스미스, 진, 네네는 일부러 「듣지 않는다」를 선택했다.

……아마 진의 판단은 올바른 것이리라.

……자신이 앨리스와의 관계를 세 사람에게 알려주지 못하는 것도 똑같은 이유 때문이니까.

황청과 관계를 맺은 제국인은 극형을 받는다.

사도성이라는 둘도 없는 인재조차도 종신 금고형을 선고받았다. 기구 사령부는 배신자에게 전혀 관용을 베풀지 않는다.

"그나저나 오늘도 덥네요."

팔랑팔랑 손부채질을 하는 마녀 공주.

"여기 올 때에도 고생했는데. 역시 사막 횡단은 가혹한 일이에요. 아마 앨리스 언니는 이 열기도 금방 식혀버릴 수 있을 테지만요."

"뭐라고?"

"아, 아, 아뇨! 그냥 혼잣말이었어요!"

진이 시스벨의 말을 알아듣고 날카롭게 쏘아보자, 시스벨은 당황하여 고개를 반대쪽으로 홱 돌렸다.

"이스카, 당신은 편안해 보이네요."

"나도 더워. 하지만 여긴 냉방도 되니까. 그리고……."

시스벨은 계속 덥다는 말을 연발하면서도 자기한테서 떨어질 생각은 없어 보였다. 왜일까? 버스에 빈자리가 이렇게 많은데.

"……시원한 자리에 가서 앉지 그래?"

"싫어요."

이스카를 외면하는 시스벨.

마치 어린아이 같은 행동이었다. 그러고 보니 자신은 이 소녀의 나이를 몰랐다.

외모만 보면 네네보다 한두 살 어려 보이는데.

"너, 몇 살이야?"

"지금은 열여섯 살. 올해 열일곱 살이 될 거야."

"뭐? 그럼 내가 한 살 연상이구나?"

……돌이켜 보니.

……앨리스와 그런 대화를 나눈 적이 있었다.

그 앨리스의 여동생이 내 옆에 있다.

시조의 혈통. 순혈종. 여왕의 딸――.

평화 협상용 인질로 쓰기에 딱 좋은 상대였다. 이스카가 그동안 전장에서 미친 듯이 찾아 헤맸던 마녀가 이토록 무방비하게 그에게 기대어 있었다.

……제국 군인으로서 이 소녀를 구속하는 것은 전혀 이상한 일이 아니었다.

……하지만 안 된다. 대장의 마녀화를 숨기기 위한 밴드가 필요하니까.

시스벨은 이를 위한 협상 상대다.

그래. 그러니까――.

이건 「어쩔 수 없는」 일이다. 사적으로 정들어서 이러는 게 아니다.

자기 손으로 탈옥시킨 소녀를 다시 한번 붙잡는다. 이 호위 임무가 끝나고 전장에서 다시 마주치면 그렇게 할 수도 있다.

앨리스와 마찬가지다. 전장에서 만나면 당연히 싸울 수밖에 없다.

"시스벨, 지금 확실하게 말해둘게."

이스카는 강한 눈빛으로 옆에 있는 소녀를 지그시 바라보면서.
온갖 구속을 단호하게 거부할 기세로 말했다.
"이 호위 임무가 끝나면 우리는 무관계해지는 거야. 다음에 전장에서 마주치면 서로 적이야. 알지?"
"당연하죠."
힘차게 고개를 끄덕이는 소녀.
이어서 어째서인지 기분 좋은 것처럼 신난 목소리로 말했다.
"호위 임무가 끝나면——이라는 것은, 다시 말해 이 호위 기간에는 당신은 저의 아군이란 거죠? 그 결의를 표명해주신 거군요!"
"…………."
역효과다.
단호하게 선을 그으려고 했는데, 오히려 한 방 먹고 말았다.
"————괜찮아요. 호위 기간으로 한정되어 있어도."
"……?"
"……전 진심으로 감사하고 있어요. 당신이 있어서. 정말 다행이에요."
들릴 듯 말 듯한 목소리.
이스카 말고는 그 누구도——미스미스 대장도 네네도 진도, 마녀 공주가 힘겹게 표현한 속마음을 알아듣지는 못했을 것이다.
그건 소리가 아니었다.
서로 맞닿은 어깨와 어깨를 통해 희미하게 느껴지는 진동. 그것이 그 마음을 전해줬다.

"약속은 지킬게요. 왕궁에 무사히 도착하면, 성문을 숨기는 밴드를 반드시 여러분께 드리겠습니다. 그러니 꼭 부탁할게요. 제발 저를 지켜주세요……."

"———."

안 되겠다. 이건 불가항력이다.

이런 말을 들으면, 이렇게 몸을 밀착시키는 행위도 매몰차게 거절하지 못하게 된다. 적어도 이번 호위 기간에는 이 소녀에게는 그럴 만한 권리가 있었다.

……견딜 수 없이 불안하니까.

……지금 그것이 진정한 속마음일 것이다. 그래, 그건 나도 안다.

그런데 이스카에게 달라붙는 시스벨의 모습을 좌우에서 지켜보는 미스미스 대장과 네네의 눈빛이 어째 험악해진 것처럼 보였다.

그 안광이 너무 날카로워서 내가 다 무서워질 정도였다.

"아니, 저기, 이건 불가항력인데……."

이스카는 조그맣게 중얼거리며 한숨을 쉬었다.

2

사막을 벗어나자 간선도로가 나타났다.

여기저기 흩어져 있는 중립도시들을 이어주는 도로. 그 길을 일부러 빙 돌아가면서 네 시간 동안 달려간 끝에.

"아가씨."

"…………."

"아가씨, 일어나세요."

"————꺄악?!"

운전석에서 노인이 부르자, 곤히 잠들어 있던 소녀가 화들짝 놀라 일어났다. 이스카 옆자리에서 벌떡 일어나더니 겨우 정신 차렸는지 차 안을 둘러봤다.

"어, 어…… 벌써 국경까지 온 거야?"

"HWO(하이웨이 오아시스. 고속도로 휴게소 또는 주차장과 연결된 도로 밖의 공원이나 오락시설) 주차장에 와 있습니다. 장거리 순환 버스 이용객을 위해 마련된 호텔 및 레스토랑 복합시설입니다. 아가씨는 처음 와보시는 거죠?"

자동차 밖——.

완전히 어두워진 하늘을 가리키면서 시종 슈바르츠가 운전석에서 몸을 일으켰다.

"조아 가문의 눈을 피하고자 일부러 황청으로 가는 최단 경로는 선택하지 않았습니다. 밤에 간선도로를 달리는 것은 위험해요. 괴수들이 차도로 몰려오는 경우도 있으니까요. 오늘 밤에는 이 HWO에서 지내는 것이 좋을 듯합니다."

"현명한 선택이야. 슈바르츠. 마침 배도 고팠는데."

주차장 건너편.

시스벨이 쳐다보는 곳에서는 레스토랑 간판이 가로등 불빛을 받아 드러나 있었다.

"이스카, 가요. 레스토랑이 많은데 어디로 가실래요?"

"우리는 호위병이잖아. 네가 가고 싶은 곳으로 따라갈게."

"어머나!"

마녀 공주가 이스카의 손을(억지로) 꼭 쥐고서 감격한 것처럼 탄성을 터뜨렸다.

"저를 따라오신다고요? 그건 운명 공동체라는 거잖아요. 아아, 지금 저의 부하가 되겠다고 고백하신 거 맞죠?"

"……한숨 푹 자더니 기운을 차렸나 보네."

"네. 덕분에 숙면했습니다. 이것도 다 당신 덕분이에요!"

그러면서 적극적으로 손을 잡아당겼다.

옆에서 새근새근 잠들어 있을 때는 연약하고 부서지기 쉬운 존재처럼 보였는데, 지금은 의지가 강한 아가씨처럼 보였다.

"기운 차렸으면 이제 그만 손을 놓아──."

"안 돼요."

말하지 말걸.

이스카가 그렇게 후회할 정도로 시스벨이 강하게 그 팔을 당기면서 몸을 밀착시켰다.

그러자 그 옆에서──.

"이건 임무, 이건 임무, 이건 임무, 이건 임무, 이건 임무……."

"보스, 이봐, 보스. 시커먼 살의가 흘러나오고 있는데?"

"이건 호위, 이건 호위, 이건 호위, 이건 호위……."

“이봐, 네네. 너까지 영향을 받으면 어떡해?”
번쩍번쩍 핏발 선 눈으로 노려보는 두 사람.
「이스카에게 더 이상 접근하지 마!」라고 마녀를 탄압하는 압력이 강하게 느껴졌다. 유감스럽게도 시스벨 본인은 그런 기척에 둔감하기 때문에 전혀 눈치채지 못한 것 같았지만.
“어떤 레스토랑에 갈까요?”
이스카의 팔에 달라붙는 마녀 공주.
호위하고 호위받는 관계임에도 불구하고 이 모습은 마치 오빠를 좋아하는 여동생처럼 보였다.
“아, 맞다. 이스카. 우리 친해졌으니까 퀴즈나 한번 내볼까요? 내가 무슨 음식을 좋아하는지 맞혀보세요. 오늘 저녁 메뉴는 그걸로 할게요.”
“시스벨이 좋아하는 음식?”
“후후, 난처해하는 게 눈에 보이네요. 좀 어렵죠? 그럼 삼지선다형으로…….”
“……파스타.”
“어?! 세, 세상에. 정답이에요!”
시스벨이 놀라서 입을 반쯤 벌렸다.
“제가 파스타 좋아하는 걸 어떻게 알았어요?!”
“그냥 찍어서 맞힌 거야.”
역시 자매는 자매구나.
속으로만 살짝 쓴웃음을 지으면서 어두운 주차장을 걸어갔다.

……그러고 보니 앨리스는 지금 뭐 하고 있을까.

……벌써 옛날에 황청으로 돌아갔을 텐데. 앨리스도 상황에 대처하느라 고생하고 있지 않을까?

황청은 하나로 단결된 조직이 아니다.

그건 네뷸리스 여왕의 딸들도 마찬가지였다.

"앨리스. 그 아이는 네 동생 아니야?"

"맞아, 내 동생이야. 하지만…… 여왕이 될 수 있는 사람은 딱 한 명뿐이야."

자매는 서로 견제하고 있었다.

앨리스는 이스카와 몇 번이나 해후했다는 사실을 시스벨에게 알리고 싶어 하지 않았다.

시스벨은 황청에 숨어 있는 배신자를 찾고 있으므로 앨리스를 경계하고 있었다.

그 사실을――.

적인 이스카 혼자만 알고 있었다. 이 얼마나 아이러니한 일일까. 친자매임에도 불구하고, 나중에 여왕이 되기 위해 경쟁해야 할 상대이므로 사실을 솔직하게 밝히지 못하다니.

……하지만 내가 신경 쓸 일은 아니야.

……그건 적국 내부의 사정이니까. 제국 병사가 신경 쓸 필요는 없어.

단지 그뿐이야.

자매가 좋아하는 음식이 똑같아도, 거기서 보이지 않는 자매의 인연을 느꼈다 해도, 내가 사적인 감정을 품으면 안 돼.

"어머? 이스카, 왜 그래요? 왜 한숨을 쉬어요?"

"그냥 그러고 싶어서……."

이스카는 고개를 반대쪽으로 돌리면서 마녀 공주에게 그렇게 대답했다.

3

네뷸리스 왕궁「별의 탑」.

그곳에 있는 앨리스의 방『시온(종)의 보석함』의 발코니. 거기서 밤하늘을 구경하는 것이 앨리스가 잠자기 전에 즐기는 취미 생활이었다.

"……오늘 하루도 끝나가고 있네. 눈 깜짝할 사이에."

까만 하늘에는 마치 보석함을 엎어놓은 것처럼 별들이 반짝거리고 있었다.

수없이 많은 별자리, 하늘에서 지평선을 향해 낙하하듯이 흘러가는 별똥별.

"아, 춥다……."

뼛속까지 파고드는 찬바람.

얇은 잠옷만 입은 몸에 차가운 밤바람이 날카롭게 꽂혔다. 온몸에 소름이 돋아서 저도 모르게 부르르 떨었다.

……그래도 좋아.

……머릿속이 차갑게 식는 느낌이 드니까.

발코니 난간에 기대어 한숨을 쉬었다.

"시스벨은 지금쯤 뭐 하고 있을까……."

여왕이 호위병 두 명을 파견한 것이 어제였다. 이르면 오늘 밤, 또는 내일 새벽에는 그들이 알사미라에 도착할 것이다.

그때까지 시스벨은 거의 무방비한 상태일 터.

수행원인 슈바르츠는 그다지 믿음직하지 않았다. 제국의 오브젝트 같은 놈이 또다시 파견된다면, 시스벨의 목숨까지 위험해질 것이다.

……아니, 그보다 조아 가문이 더 큰 문제였다.

……그들은 황청을 배신했다는 혐의로 시스벨을 구속하려고 할 것이다. 현실적으로.

이단 심문은 3대 혈족의 권한이다.

루 가문, 조아 가문, 히드라 가문 중 누군가가 국가 반역죄를 저질렀다고 추정될 경우에 그것을「자정」하는 것, 다시 말해 혈족을 체포하는 것은 왕가의 의무다.

"하지만 아직은 아니야. 그건 최후의 일선이잖아. 현재 시스벨은 죄가 확실히 밝혀지지 않은 용의자에 불과해. 그러니 그들도 섣불리 움직이진 못할 거야……."

조아 가문은 절대적인 기회를 놓쳤다.

며칠 전 시스벨과 이스카가 접촉한 순간.

그때 그들이 시스벨을 현행범으로 체포했더라면, 앨리스도 여왕도 시스벨을 감싸주진 못했을 것이다.

"시스벨 군. 옆에 있는 그 소년은 누구인가?"

"아니, 잠깐만요! 가면 경! 저는 제국과 한편이 된 게 아닙니다."

그때는 제국군의 오브젝트가 출현해서 차라리 다행이었다.

가면 경이 후퇴한 것도, 타국에서 더 큰 소동을 벌이면 조아 가문이 불이익을 받을 거라고 판단했기 때문이리라.

"그러나 시스벨에 대한 의혹은 여전히 남아 있지. 내가 만약 조아 가문이라면, 그다음에는——."

"앨리스 님."

찬바람 부는 발코니에 가정부 차림을 한 린이 나타났다.

"이제 곧 주무실 시간인데 방해해서 죄송합니다."

"무슨 일이지?"

"손님이 찾아오셨습니다. 그래서 거절해도 될지 확인을 받으러 왔습니다."

이 시간에?

발코니에서 내려다보이는 황청의 번화가도 이미 반쯤은 집집의 불들이 꺼진 상태였다. 앨리스도 지금은 잠옷만 입고 있었고.

고급 비단 너머로 분홍색 피부가 비쳐 보일 정도로 얇은 잠옷이었다.

“거절해도 돼. 이렇게 밤늦은 시각에 왕녀의 방을 방문하는 비상식적인 인간을 만날 마음은 없어. ……그래도 일단 확인차 물어볼게. 누구니?”

“가면 경입니다.”

“…………………………잠깐만.”

이 ‘잠깐만’이란 말을 하기 위해 얼마나 많은 고민을 했는지.

머리가 아팠다.

물어보지 말걸 그랬다. 그냥 이름도 듣지 말고 거절했으면 좋았을 텐데.

“……린. 네 생각은 어때?”

“사람 속 긁는 솜씨가 일품이지요. 그 남자는.”

소녀 시종은 혐오감을 숨기지 않고 드러냈다.

“앨리스 님은 왕녀이기 이전에 숙녀입니다. 이렇게 밤늦은 시간에 이 방에 찾아오다니, 참으로 비상식적인 행위입니다. 조아 가문이란 간판이 없었으면 제가 벌써 등짝을 걷어차서 쫓아냈을 거예요.”

“그래, 그렇지.”

“하지만 가면 경이 무슨 말을 할지도 짐작이 갑니다. 『그만큼 긴급한 일로 면회하러 온 거야』라고 말할 테지요. 실제로 뭔가 할 말을 준비해왔을 겁니다. 물론 앨리스 님께는 거절하실 권리가 있지만요.”

"……거절했다가는 내가 오늘 밤 편안하게 잠들기 어려울 테지."

"네. 그것까지 다 짐작하고 찾아온 걸 겁니다."

과연 가면 경은 무슨 이야기를 하러 온 걸까.

어차피 사악한 계략일 것이다. 그게 뭔지 궁금해서 끙끙거리다가 앨리스는 잠을 설칠 것이 뻔했다. 그러니까 차라리 오늘 밤 그 이야기를 듣고 편안히 잠드는 게 나을 것이다.

……그는 이런 내 생각까지 예측하고 있을 거야.

……조아 가문에서 제일가는 책략가니까.

"하는 수 없지. 린, 다과를 준비해줘. 내 몫은 필요 없어."

대답을 기다리지 않고 발길을 돌렸다.

발코니에서 자기 방 거실로 들어갔다.

두툼한 가운을 걸쳐 입어 맨살을 가리고, 테이블 앞에 있는 의자에 앉았다.

"앨리스 님. 그럼 손님을 안내하겠습니다."

린이 문을 열었다.

그러자 평소와 다름없이 가면과 검은색 옷을 착용한 남자가 나타났다.

"안녕하신가. 실례하네. 젊은 아가씨 방을 이렇게 무례하게 찾아온 것을 부디 용서해주면 좋겠군."

"『아가씨들』이죠."

"뭐?"

"린도 있잖아요."

"아, 미안해. 그래, 맞아. 린 군도 아가씨였지."
문 건너편——.
복도에 선 채로, 조아 가문 굴지의 수완가는 앨리스의 방 안으로 한 발짝도 들어오려고 하지 않았다.
"하하, 이런 야심한 시각에 이성의 방에 들어가기는 좀 그래. 영 익숙하지 않아서. 앨리스 군, 자네는 거기 계속 앉아 있어도 돼. 그리고 린 군, 차도 준비할 필요 없어."
정말 뻔뻔하구나.
이렇게 늦은 밤에 남의 방에 찾아와서 사람을 잔뜩 불편하게 만들어놓고선 마치 신사인 양 행동하다니. 저 위선자 같은 태도도 철저히 계산된 것이리라.
"네, 그래서 용건은 뭐죠?"
"자네 동생에 관해서. 여왕 폐하와 지금까지 쭉 대화를 나눠봤어."
"……시스벨 말씀이신가요?"
충분히 예상했던 주제다.
오히려 너무 뻔한 주제라서 다른 속셈이 있을지도 모른다는 의심도 들었다.
"솔직히 물어볼게. 시스벨 군이 제국과 내통했을 가능성이 있다는 사실은 알고 있나?"
"아뇨."
주저 없이 대답했다.
그건 거짓말이 아니었다. 동생이 제국 병사와 1년 전에 관계를 맺은 것은 사실이지만, 앨리스는 그것이 제국과의 공모 행위가 아니란 것을 알고 있었다.

그러나 조아 가문은 시스벨이 제국과 공모했다는 혐의를 날조하고 싶어 할 것이다.

"그 아이가 제국과 내통했다고요? 그게 무슨 뜻이죠?"

"사실을 그대로 말한 것뿐이야. 참으로 유감스럽게도 시스벨 군은 독립국가 알사미라에서 제국 병사 한 명과 접촉했어."

"……그래서요?"

"여왕 폐하는 그런 가능성은 없다고 단언하셨어."

"당연하죠."

어머니가 그런 것을 인정하실 리 없다.

사랑하는 딸을 지키려고 어제 몰래 호위병까지 파견했을 정도니까.

"물론 나도 시스벨 군의 혐의가 한낱 누명이기를 바라고 있어."

"진심이신가요?"

"당연하지. 그러나 혐의가 존재하는 것은 사실이야. 이 혐의에서 벗어나려면, 시스벨 군이 자신의 결백을 스스로 증명해야 해. 이대로 있으면 왕가는 신뢰를 잃을 거야. 그러니까 한시라도 빨리 시스벨 군이 귀환해야………… 하는데."

가면에서 흘러나오는 아쉬움의 한숨.

"이미 떠나버렸더군."

"……무슨 말씀이시죠?"

“자네 여동생은 이미 독립국가 알사미라에는 없는 것 같아. 좀 전에 여왕님께서 직접 알려주신 정보다.”

“전혀 놀랍지 않은 일이네요. 어마마마께서도 그 가능성은 처음부터 염두에 두셨어요.”

앨리스도 예상했던 일이다.

제국 오브젝트의 습격을 받았고, 이스카와 접촉하는 장면을 가면 경에게 들켰다.

이 두 가지 사건에 질려버린 시스벨이 시종인 슈바르츠를 데리고 주변 국가로 도망쳐서 몸을 숨기는 것은 자연스러운 행동이었다.

“그래서 가면 경. 당신이 하고 싶은 말씀은 뭡니까?”

“혹시 시스벨 군과 동행하는 사람이 있는 게 아닐까. 그게 오늘 여기서 이야기하고 싶은 주제의 핵심이야.”

탁! 하고.

딱딱한 가면을 손끝으로 튀기듯이 두드렸다. 이 남자의 습관 중 하나였다. 그것도 상대에게 터무니없는 일을 요구할 때의 특징적인 버릇——.

“그건 바로 제국군이다.”

“?!”

“시스벨 군이 제국 병사와 단둘이 밀회하는 장면은 나와 부하들까지 합쳐서 총 다섯 명이 목격했어. 그리고 시스벨 군은 그 현장을 나에게 들키자마자 즉시 행방을 감춰버렸어. 그러니까 제국군이 시스벨 군을 도와줬다고 생각하는 것이 합리적인 해석이 아닐까?"

"말도 안 되는 추측이군요."

앨리스는 진심으로 그렇게 대꾸했다.

……시스벨은 제국군에게 붙잡혔었어. 그걸 구해준 사람이 이스카였고.

……당연히 그 아이는 제국군을 증오할 거야.

하지만 이 사실을 아는 사람은 앨리스밖에 없었다.

게다가 안타깝게도 앨리스가 그 사실을 이야기해봤자 그걸 뒷받침할 증거가 없었다.

이처럼 「아무도 진실을 이야기할 수 없는 상황」은 조아 가문이 루 가문에게 온갖 혐의를 뒤집어씌우기 딱 좋은 기회였다.

콘클라베에서 루 가문을 탈락시켜버릴 하극상의 기회.

"어쨌든 시스벨 군의 혐의는 더욱 짙어졌어. 스스로 행방을 감춤으로써."

"……여왕님께도 똑같은 이야기를 했나 보군요."

"맞아. 여왕님은 거절하지 못하셨어. 그만큼 심각한 상황이니까."

무엇을——.

그렇게 물어보기도 전에 가면 경이 입꼬리를 끌어 올리면서 말했다.

"시스벨 군을 찾기 위한 수색대를 조직할 거야. 조아 가문과 루 가문이 합동으로. 조아 가문의 책임자는 나. 그리고 루 가문의 책임자는……."

"저라고요? 그 소식을 전해주려고 오늘 밤 여기까지 찾아온 거군요?"

"맞아. 우리 사이좋게 시스벨 군을 찾아보자."

이로써 가면 경은 공공연하게 시스벨을 수색할 대의명분을 손에 넣었다.

합동수색을 하는 이유도 알기 쉬웠다.

……나를 책임자로 삼은 것은, 언니인 내가 동생의 위치를 먼저 알아낼 거라고 예상했기 때문이다.

……그러니까 그 정보를 자기에게도 넘겨달라는 뜻이다.

정말 행동 하나하나가 신경에 거슬리는 인간이었다.

이 남자가 눈앞에 없었으면 당장 한숨을 내쉬었을 것이다.

"알겠습니다. 이제 이야기는 끝났나요?"

"흠. 그래, 밤도 늦었으니 여기서 끝내자. 앨리스 군, 린 군. 좋은 꿈 꾸길 바라네."

"——네."

오늘은 악몽을 꿀 것 같네요.

목구멍까지 치밀어 오른 반항심을 억지로 삼키고, 떠나가는 신사의 뒷모습을 지켜봤다.

"린."

시종이 방문을 닫을 때까지 기다렸다가.

앨리스는 주먹을 꽉 쥐었다.

"……나는 지기 싫어하는 성격이야. 주도권을 빼앗긴 채로 가만있지는 않을 거야."
"네. 압니다."
"지혜를 빌려줘. 조아 가문을 통째로 경악하게 만들어줄 거야."

4

마녀의 낙원.
네뷸리스 황청 제8주 리스바텐——.
황청 국경에 자리 잡고 중립도시와도 활발하게 교류하고 있는 이 지역은 수많은 세계적인 문호가 탄생한 곳으로도 유명했다.
아름답게 정비된 길거리와 평화로운 행인들.
광장 카페의 테라스 좌석에서는 많은 여성들이 대낮의 한때를 만끽하고 있었다.
"이스카, 왜 그래요?"
거리를 나란히 걷던 시스벨이 갑자기 멈춰 서서 이쪽을 쳐다봤다.
"저 가게가 신경 쓰여요?"
"……아니, 그냥. 어느 나라에서나 카페는 똑같구나 싶어서."
한쪽은 기계로 된 이상향「제국」.
한쪽은 마녀의 낙원「네뷸리스 황청」.
기계 문명과 성령 문명. 이 두 가지는 정반대라고 알려져 있는데, 실제로는 100년 전까지 제국에 살던 사람들이 조국에 반기를 들어 스스로 건국한 나라가 황청이었다.

……문명의 근본은 다 똑같다. 언어도 번화가도.

……가장 큰 차이는 지폐이려나.

그리고 또 하나.

눈에 보이지 않는 차이가 있다면, 이 거리를 걷는 사람들이 어린 소녀부터 어른에 이르기까지 모두 다 「마녀」 또는 「마인」이란 것이었다.

카페테라스에 서 있는 아르바이트생 소녀조차도 제국에서는 마녀라고 불리는 공포의 대상이었다. 일견 얌전해 보이는 저 소녀도, 마음만 먹으면 제국 병사를 압도하는 강력한 성령술을 사용할지도 모른다.

……100년 전 제국에서는 그것이 일상이었다.

……성령술사 소녀가 일반인 남자 친구에게 격노하여 성령술을 사용한 사건도 있었다.

보통 인간은 저항할 방법이 없었다.

그리고 심각한 중상을 입은 당사자라면, 이 소녀를 더 이상 애인이 아니라 짐승보다 더 무서운 「마녀」라고 인식하게 되었을 것이다.

그래서 제국은 이를 위험시하여 성령술사를 박해했다.

그것도 하나의 역사적 사실이었다.

"……그런데 제국 병사인 내가 이렇게 쉽게 국경을 넘어도 되는 거야?"

"제가 말했잖아요. '내가 있으면 걱정할 필요 없다'고."

남녀 공용 트레이너를 걸치고 모자를 깊이 눌러쓴 시스벨. 덤으로 도수 없는 안경까지 써서 변장한 상태였다.

이스카는 얇은 셔츠를 입었고.

그것도 중립도시에서 흔히 볼 수 있는 캐주얼한 차림이었다. 두 자루 쌍검은 휴대하지 않았다. 제국 사람이라고 보일 만한 요소는 전혀 없었다.

"이 리스바텐의 국경에는 우수한 검문 요원들이 있습니다. 저와 슈바르츠의 얼굴을 알아보지 못하는 사람은 없어요. 당연히 얼굴만 보여줘도 통과할 수 있다고요."

"얼굴만 보고 통과시켜주는 검문 요원이 우수하다고……?"

"그래서 왕녀 혈통서도 제시했잖아요? 제가 왕녀라는 사실만 증명하면 되는 거예요. 뒤따라오는 호위병의 신분까지 확인하는 것은 무례한 짓이죠."

시스벨과 시종 슈바르츠의 신분 증명은 가능했다.

미스미스 대장도 다행인지 불행인지 이제는 마녀가 되어서 성문 심판을 통과할 수 있었다. 그러나 나머지 세 명, 이스카, 네네, 진은 국경 검문소를 통과하는 그 순간까지 식은땀을 흘려야 했다.

"만에 하나 그들이 우리에게 성문 심판을 받으라고 요구했다면?"

"제가 호통을 쳐서 물러서게 했을 겁니다. 왕녀의 호위병을 의심하다니, 검문 요원으로서 실격이잖아요? 물론 당신들의 정체를 들켰으면 큰일 났을 테지만……."

시스벨이 제국 병사를 황청으로 몰래 데려온 사실이 발각된다.

그러면 시스벨의 어머니인 여왕의 체제 자체를 뒤흔드는 대사건이 일어났을 것이다.

“저도 지금 필사적이라고요. 한시라도 빨리 왕궁에 가야 하거든요. 현재 왕궁은 괴물의 소굴이에요. 여왕님을 그런 곳에 방치해둘 수는 없어요.”

시스벨은 아무렇지도 않게 말했다.

그런데 이스카가 처음 듣는 정보가 거기에 섞여 있었다.

“괴물? 그게 뭐야?”

거의 들어본 적 없는 단어였다.

바실리스크 같은 대형 괴수를 그렇게 부르기도 하지만, 여왕이 사는 왕궁에 그런 짐승이 어슬렁거릴 것 같지는 않았다.

혹시 마녀나 마인을 의미하는 은어인가?

“……그러고 보니 그 이야기를 아직 안 했군요.”

길을 걸으면서 조그맣게 말하는 시스벨.

그런데 모자를 깊이 눌러 쓴 이 소녀는 겁먹은 듯이 고개를 옆으로 흔들었다.

“아니, 제가 실언했습니다. 호위와는 상관없는 일이에요.”

“그래, 알았어.”

“……그나저나 아침부터 쭉 걸었더니 좀 피곤하네요.”

작은 마녀 공주가 멈춰 섰다.

길 저쪽 끝에 있는 케이크 가게. 그 간판을 가리키면서 말을 이었다.

"저기까지 가서 차라도 어때요?"

"제국 병사가 들어가도 되는 거야?"

"황청의 거리를 보고 싶다고 말한 사람은 당신이잖아요? 여기가 중앙주였다면 이러진 못했을 테지만, 제8주의 아주 평범한 가게라면 상관없어요."

"내가 자세히 알아도 상관없는 시설이란 말이지?"

"네, 맞아요. 제국 사람이 황청을 당당하게 견학하는 것은 아마 이번이 처음일 거예요. 흥미롭지 않나요?"

장난스럽게 웃는 왕녀.

"전직 사도성이라도 실제로 이 거리를 보는 것은 처음일 테죠?"

"응, 맞아."

이스카가 어색하게 수긍했다. 그러나 시스벨은 그걸 눈치채지 못한 듯했다.

……아마 꿈에도 상상하지 못할 것이다.

……내가 자기 언니에게 붙잡혀서 알카트루즈에 포로로 끌려간 적이 있다는 것은.

황청에 와본 경험은 있었다.

그러나 호텔의 왕족 전용 스위트룸에 연금되어 있었으므로, 이스카는 아직 황청의 도시가 어떤 곳인지 잘 몰랐다.

……미스미스 대장, 네네, 진은 충분한 지식을 가지고 있었다.

……나를 구하기 위해 알카트루즈 시내에 들어와서 며칠 동안 잠복했었으니까.

지식이 없는 사람은 이스카 한 명.

그래서 세 사람은 슈바르츠와 함께 숙소에 남았고, 이스카는 이렇게 밖으로 나온 것이다.

"여차할 때 황청에 관한 지식이 부족해서 싸움에서 지리적으로 불리해지면 곤란해요. 그러니 뭐든지 물어보세요."

"그럼 몇 가지 물어볼게. 이 도시에 성령 에너지 검출기는 있어?"

제국 도시에는 설치되어 있다.

성령 부대 자객이 숨어 들어왔을 때 침입을 감지하기 위해서.

"있습니다. 단, 제국과는 다른 목적으로 설치된 거예요. 미약한 성령 에너지가 아니라 커다란 에너지에 대해서만 작동하는 경보 기능을 갖춘 거죠."

"제국 병사의 침입을 경계하는 것은 아니구나?"

"그건 국경 검문소의 역할입니다. 리스바텐도 과거에는 다른 나라였다가 우리의 속국이 된 지역이거든요. 그래서 성령술사 이외에 평범한 사람도 많아요."

"그럼 왜 그런 기계를 설치한 거야?"

"……제국에서도 총을 범죄에 악용하는 사람이 있잖아요?"

마녀 공주의 쓴웃음.

일부러 직접적으로 대답하지 않은 것은, 이 정도로도 이스카가 충분히 이해할 거라고 생각했기 때문이리라.

"성령술을 이용한 범죄를 감지하기 위해서야? 강도나 기물파손 같은 거?"

"네. 강력한 성령을 지닌 자들이 모두 다 착하다는 보장은 없으니까요. 지금은 그 숫자도 줄어들었지만, 옛날에는 그런 범죄자가 끊임없이 나타났어요. 그런 범죄자를 잡아넣은 감옥탑이 여기저기 있는데, 그중에서도 특히 유명한 것은……."

"알카트루즈?"

"역시 전직 사도성. 황청에 관한 지식도 풍부하시네요."

감탄한 표정을 짓는 시스벨.

"우리는 악명 높은 범죄자를 일부러 『마녀』『마인』이라고 부릅니다. 그중에서도 **최악 중의 최악인 범죄자가 샐린저라는 마인**——아차. 이건 완전히 사족인데. 나도 모르게 너무 많은 이야기를 해버렸네요."

"…………."

초월의 마인 샐린저.

아직 생생하게 기억하고 있는 이름이다. 이스카는 마른침을 꿀꺽 삼켰다.

"제3차 통합 『인간과 성령의 통합』."

"이 별에서 자기 힘으로 거기까지 도달한 사람은 겨우 두 명. 둘 다 명실상부한 괴물이다. 그러나 나도 반드시 도달할 것이다."

그 의미를 헤아려볼 마음은 없었다.

아무리 강한 힘을 가지고 있어도, 이미 그 남자는 앨리스의 지휘하에 구속되었다. 그렇게 알고 있었기 때문에——.

시스벨의 다음 말을 듣고 이스카는 귀를 의심했다.

"지금 황청에서는 그 마인을 추적하기 위해 경비대가 전 지역을 순찰하고 있어요."

"……뭐라고?"

"겨우 얼마 전에 있었던 일이에요. 마인 샐린저가 탈옥을 시도했죠. 그런데 우연히 알카트루즈에 있었던 앨리스 언니가 그 탈옥 시도 자체는 저지했어요. 그러나 그때 붙잡혔던 남자는 사실 성령술로 만들어진 분신이었나 봐요. 나중에 살펴보니 감옥 안이 텅 비어 있었다고 하더군요."

"…………."

"그래서 현재 황청은 경계 상태예요. 이건 우리들에게도 불리한 일이에요. 경비대가 곳곳에서 눈에 불을 켜고 돌아다니고 있으니까………… 어? 이스카, 왜 그래요?"

빠르게 이야기를 마친 시스벨이 의아한 듯이 눈을 깜빡거렸다.

"무슨 일 있어요? 뭐 신경 쓰이는 거라도……."

"……응, 이것저것 신경 쓰여. 하지만 그보다는 우리의 미래가 더 걱정이지. 중앙주까지 어떻게 가느냐, 그게 문제잖아?"

"맞아요. 지금부터가 중요해요."

변장용 안경 렌즈 너머로.

제3왕녀의 눈동자가 천천히 긴장하는 빛을 띠었다.

"국경 검문소를 통과했으니까 우리의 현재 위치는 왕궁에도 알려졌을 거예요."

"가면 경에게도?"

"네. 왕궁으로 가는 도중에 적들이 방해할 거예요. 물론 우리는 다소의 방해는 무시하고 강행돌파할 겁니다. 무조건 왕궁에만 도착하면 돼요."

그러면 등불의 성령으로 배신자를 밝혀낼 수 있다.

시스벨이 독립국가로 갔다는 사실을 가면 경에게 몰래 알려준 공모자를.

"가면 경?! 다, 당신이 왜 여기에……."

"휴가를 즐기러 왔지. 이상한 점이라곤 하나도 없지 않은가?"

용의자는 두 사람.

그것도 왕가의 일원이라고 했다. 시스벨의 말에 의하면. 그런데 이스카도 구체적인 이름은 듣지 못했고, 황청 내부의 싸움에 깊이 개입할 마음도 없었다.

"하나만 더 물어봐도 돼?"

"네, 뭐든지 물어보세요."

"네 가족은 네 편이 아닌 거야?"

가면 경이라는 남자가 왕궁에서 얼마나 큰 권력을 쥐고 있는지는 모른다.

그러나 언니인 앨리스라면——.

설령 가면 경의 표적이 되더라도, 시스벨이 앨리스의 보호를 받는다면 그도 섣불리 손대지 못할 것이다.

……나와 앨리스와의 관계는 밝힐 수 없다.

……그래서 이런 애매한 말밖에 할 수 없지만, 취지는 전달됐을 것이다.

언니의 비호를 받는 것이 좋지 않을까?

그런 속뜻이 담긴 질문을 듣고, 동생은 자조적인 미소만 지었다.

“제가 신뢰할 수 있는 상대는 어마마마밖에 없습니다. 앨리스 언니는 아직 신용할 수 없어요.”

“그래. 알았어.”

“……이야기를 너무 길게 했네요.”

시스벨이 멈춰 서서 뒤를 돌아봤다.

길의 저 뒤편. 그들이 가려고 했던 케이크 가게도 대화하는 사이에 지나쳐오고 말았다.

“돌아갑시다.”

“저 가게로?”

“아뇨, 호텔로요. 슈바르츠를 오래 기다리게 했고, 당신네 부대 멤버들도 우리가 돌아오길 기다리고 있을 겁니다. 케이크는 이번엔 포기할게요.”

발길을 돌리더니.

지나온 길을 따라 똑바로 되돌아갔다.

“……휴, 덥네요. 계속 걸었더니 땀이 잔뜩 났어요. 돌아가면 목욕부터 해야겠어요.”

"그 모자 때문에 더운 거 아냐?"

"네, 맞아요. 머리카락이 열기를 품어서 힘들어요. 이런 때에는 남자분들의 짧은 머리가 부럽네요."

시스벨이 모자챙을 살짝 들어 올리고 한숨을 쉬었다.

그러더니.

이스카의 팔에 찰싹 달라붙어 팔짱을 꼈다. 더없이 자연스럽게. 마치 데이트하는 커플처럼 편안하게.

그 작은 가슴을 자기주장 하듯이 세게 이스카의 팔뚝에 갖다 붙이면서.

"아~ 재미있다. 이대로 호텔까지 가요, 네?"

"이 꼴로?!"

"이것도 작전이에요. 경비대도 설마 일국의 왕녀가 이렇게 대담하게 데이트하는 척할 거라고는 꿈에도 생각지 못할 거예요……. 그렇죠? 이스카."

유난히 귀여운 목소리로.

생긋 만면에 미소를 지으면서 의미심장한 눈빛으로 쳐다보는 소녀.

"저는 아직 당신을 부하로 삼는 것을 포기하지 않았어요."

"분위기가 심상치 않으니까 빨리 돌아가자."

"앗, 제 말 듣고 있는 거예요? 이스카, 이스카!"

이스카는 자기 팔에 달라붙는 시스벨을 외면한 채 이국땅을 밟고 걸어갔다.

Intermission
『누구의 것인가?』

the War ends the world /
raises the world

1

"그 아이를 찾았다고?! 리스바텐에서?!"

허공에 화려하게 흩날리는 물보라.

돌고래가 수면 위로 튀어 오르는 것처럼. 앨리스는 유백색 목욕물로 가득 찬 욕조에서 벌떡 일어났다.

"애, 앨리스 님, 왜 이러세요! 제 옷이 다 젖잖아요!"

물에 젖은 타일을 박차고 후다닥 후퇴하는 린.

방금 주인에게 최신 정보를 알려준 장본인이었다.

"아아, 내 옷……."

"이거 중요한 일이잖아. 나도 당장 목욕 끝내고 나갈 테니까, 옷 갈아입은 다음에 자세히 이야기해줘."

욕실을 나와서 거울 앞에 섰다.

김 서린 거울에 비친 앨리스의 피부는 연분홍색이었다. 푹 젖은 나신에 촉촉한 머리카락이 달라붙은 그 고운 모습은 마치 한 폭의 그림처럼 예술적인 아름다움을 지니고 있었다.

"……왕녀는 귀찮은 직업이구나. 이런 상황에서도 피부에 신경 써야 하는 거야?"
"거울을 보고 걱정하실 필요 없어요. 안 그래도 아름다우니까요. 정말 부러울 정도로."
린의 시선은 앨리스의 피부──가 아니라.
팔짱을 낀 앨리스의 가슴에 닿아 있었다.
교차된 앨리스의 양팔 위에 무겁게 얹혀 있는 풍만한 두 개의 유방. 팔로 밑에서 받치고 있는데도 그 크고 동그란 모양은 예쁘게 유지되고 있었다.
"참 훌륭하십니다."
"무슨 소리야?"
"아뇨, 아무것도 아닙니다…… 어휴. 앨리스 님은 참 굉장하시네요……."
참고로 린 본인은 팔짱을 껴도 그 위에 올려놓을 것이 없었다. 아마도 본인은 이 서글픈 개인차가 마음에 안 드는 듯했다.
"앨리스 님. 어서 옷을 입으시지요."
"앗, 잠깐만. 물기부터 깨끗이 제거해야지."
탈의실로 가서──.
긴 금발을 수건으로 닦아 물기를 제거했다.
린이 새 옷을 준비하는 동안에 피부에 묻은 물방울도 수건으로 닦아냈다. 본디 이것은 시종인 린이 해주는 일이지만, 지금은 그렇게 느긋하게 시간을 보낼 수 없었다.
"다 됐다. 이제 자세히 말해봐."

"네, 그런데 말씀드릴 수 있는 정보는 극히 적습니다. 오늘 오전에 시스벨 님이 황청 국경 검문소를 통과하셨다고 합니다."

"그래서 리스바텐으로 들어왔다는 거야?"

속옷을 입고 잠옷을 팔에 꿰었다.

"그 아이와 슈바르츠, 단둘이서?"

"그 둘뿐만 아니라 호위병처럼 보이는 사람이 네 명 있었다고 합니다. 시스벨 님께서는 사막을 건너기 위해 알사미라에서 용병을 고용했다고 말씀하신 모양입니다."

"……논리적인 이야기네."

용병의 보호를 받으면서 사막을 건너는 것은 현명한 행동이다.

가면 경 휘하의 조아 가문이 매복하고 있을 가능성도 고려해서 그렇게 한 것이리라.

"이제야 안심이 돼. 어마마마께서 보내신 호위병들과 못 만난 이유도 알게 되었고. 다행히 무사했구나."

"네, 그렇습니다. 조만간 중앙주로 돌아오실 텐데요. 여왕님께서는 리스바텐에서 시스벨 님을 보호하면 좋겠다고 말씀하셨습니다."

"내가? 하지만 내가 가면 귀찮은 동행자도 따라올 텐데?"

"시스벨 군을 찾기 위한 수색대를 조직할 거야. 조아 가문과 루 가문이 합동으로."

"우리 사이좋게 시스벨 군을 찾아보자."

앨리스의 단독 수색은 불가능하다.

"그 아이를 찾아내더라도, 가면 경이 옆에 있으면 문제가 생길 거야."

"혈족 소집이 있을 겁니다."

린이 빠르게 대답했다.

"여왕 발령에 의한 루 가문, 조아 가문, 히드라 가문의 혈족 협의가 내일 이루어질 예정입니다. 조아 가문의 2인자인 가면 경은 회의에 참가해야만 합니다."

"……하지만 그건 나도 마찬가지잖아?"

당주와 2인자가 출석하는 혈족 협의.

최근에는 늘 여왕과 앨리스가 루 가문의 대표로 참석했었다. 가면 경을 이곳에 붙잡아두려고 해봤자 앨리스도 똑같이 회의에 참가해야 한다.

"일리티아 님이 계시잖아요."

"아, 맞다! 지금은 언니가 왕궁에 있으니까 내가 참석할 필요가 없구나!"

역시 어마마마는 굉장하시다.

지난번 콘클라베에서 승리한 그 수완은 아직도 건재했다.

"조아 가문은 내일 온종일 움직이지 못합니다. 그러니 앨리스 님께서는 루 가문의 첩보 부대를 이끌고 리스바텐으로 가시면 됩니다."

"알았어. ……실은 여전히 그 아이가 무슨 생각을 하는지 모르겠지만. 그래도 내 동생이니까."

위기에 처한 동생을 구하러 달려가야 한다.

내일 해 뜰 때 출발하면 저녁에는 리스바텐에 도착할 것이다.

"내가 구해줘야 해."

그러나――.

앨리스는 아직 몰랐다. 내일 당장 이 발언을 후회하게 되리란 것을.

2

네뷸리스 황청, 제8주 리스바텐.

밤 열 시.

네온사인이 빛나는 번화가 전체를 내려다볼 수 있는 황청 기업 계열의 펠릭스 호텔. 부유한 관광객뿐만 아니라 대기업도 간친회 장소로 이용하는 고급 호텔.

그 호텔 위층에 있는 어느 방에서.

"영 불편하군."

격조 높은 고풍스런 가구와 최고급 소파. 또 대형 TV가 설치되어 있는데도 공간이 남아도는 거실. 그곳에서 진은 의자에 기대어 있었다.

"이곳은 내 인생 역사상 단독 1위라고 할 만큼 호화로워. 나 참, 이게 도대체 뭔지……."

"편안하지가 않지?"

이스카는 그렇게 맞장구쳤다. 융단 위에 누워서.

소파가 너무 호화로워서 앉아도 위화감만 느껴졌기 때문이다. 이렇게 바닥에 누워 있는 것이 차라리 마음 편했다.

……이 정도면 내 인생 역사상 2위이려나.

……앨리스가 묵었던 객실이 1위였다. 그건 왕족 전용 귀빈실이었다.

그때 나는 포로였다.

이토록 호화로운 방에 손님으로 묵는 것은 이스카도 처음이었다.

"시스벨의 방은 902호실. 우리는 양옆의 901호실과 903호실. 이 호텔에는 원래 경보기도 설치되어 있고, 또 성령 부대가 황청 안에서 소동을 일으킬 가능성은 거의 없으니까……."

누워 있다가 몸을 일으켰다.

이스카가 고개를 돌려 쳐다본 곳에는 미스미스 대장과 네네가 있었다. 실은 903호실에 있어야 할 그 두 사람은 험악한 표정으로 이곳 소파에 앉아 있었다.

"그러니까 대장님, 네네. 그렇게 신경 곤두세울 필요는……."

"이스카 군, 그게 아니야."

"네?"

"지금 우리가 경비하는 대상은……."

"바로 이스카 오빠야."

미스미스와 네네. 두 사람은 평소답지 않게 살기 어린 목소리로 대답했다.

"이스카 군에게 나쁜 벌레가 꼬이지 않도록 지켜볼 거야."

권총을 쥔 미스미스.

옆에 있는 네네도 수제 고성능 수류탄을 양손으로 붙잡고 있었다.

"있잖아, 네네는 불길한 예감이 들어. 그 마녀가 밤에 이스카 오빠의 방에 몰래 숨어 들어올 것 같아. 저는 밤에도 호위를 받아야 해요~라고 하면서."

"…………."

부정할 수 없었다. 실제로 독립국가 알사미라에서 시스벨이 혼자 이스카의 방에 숨어 들어온 적도 있었으므로.

"그런데 거긴 내가 침대 대신 사용할 소파……."

"안 돼. 이스카 오빠의 침대는 전투 최전선. 여기까지 들어오기만 해봐, 네네가 이 파쇄 수류탄으로 산산조각을 내버릴 거야!"

"나도 이스카 군을 지키기 위해서 이 권총으로 그 녀석을 벌집으로 만들어버릴 거야!"

제국 군인 두 사람의 표정은 진지했다.

시스벨이 밤중에 여기 들어오면 진짜로 반격할 태세였다.

"저, 저기, 둘 다 진정하세요!!"

"나 지금 진지해!"

"네네도 지금 진지해!"

902호실.

작은 상야등이 켜진 침실──.

"…………."

조그만 소녀에게는 지나치게 커다란 침대 위에서. 시스벨은 말없이 얇은 이불을 뒤집어쓰고 있었다.

이불 속에는 실오라기 하나 걸치지 않은 알몸이 숨겨져 있었다.

목욕을 마치고 젖은 머리카락이 다 마르기도 전에, 잠옷을 입을 기운조차 없어서 그대로 쓰러지듯이 침대 위에 누웠기 때문이다.

……이제 겨우 본국으로 돌아왔을 뿐이잖아.

……그런데 왜 이렇게 피곤한 걸까.

도피행은 원래 이토록 정신력 소모가 심한 걸까.

"지금부터가 중요해. 지금부터 진정한 싸움이 시작되는 거야……."

제8주 리스바텐으로 귀환 성공.

그러나 국경을 넘은 시점에서 내 위치는 사람들에게 알려졌을 터. 우선 조아 가문의 자객이 찾아올 테고. 아마도 「제3왕녀 보호」라는 명목으로 수색대가 파견될 것이다.

덤으로 루 가문에서도.

제1왕녀와 제2왕녀의 사병이 파견될 것이다.

"방심하면 안 돼…… 신용할 수 있는 상대는 오직 여왕님뿐이야.

일리티아 언니와 앨리스 언니, 둘 중 누군가는 틀림없이 조아 가문과 손을 잡았을 거야."

둘 중 하나, 또는 둘 다 배신자다.

그자는 내가 우연히 봤던 「**그 괴물**」의 동료일 가능성이 높았다.

……보호한다는 명분으로 나를 붙잡아 입을 막아버릴 셈인가?

……안 돼, 그러게 놔두지 않을 거야!

공격당하기 전에 먼저 공격할 거야. 루 가문의 배신자를 밝혀내서 여왕님께 고발하고, 그자를 유폐할 거야.

그러면 여왕님의 생명은 지킬 수 있어.

……어마마마는 내가 지킬 거야.

……시조님의 피를 이어받은 인간으로서, **그 괴물**에게 왕가를 넘겨주진 않을 거야!

두근두근. 심장이 빠르게 뛰었다.

극도의 긴장감과 흥분 때문일까? 바늘에 찔린 것처럼 심장이 아팠다. 슈바르츠는 아마 지독한 스트레스로 인한 정신적 고통일 거라고 했었다.

부디 자기 몸을 잘 돌보시라는 말도 했었고.

"아니에요, 슈바르츠. 조금만 더 힘내면 돼요. 조금만 더 견디면 되니까……."

승리조건은 하나――.

자력으로 왕궁에 도착해서 배신자의 정체를 밝혀내는 것.

패배조건은 셋――.

장녀, 차녀, 조아 가문 중 어느 하나의 수하에게 붙잡히는 것.
붙잡히면 그대로 납치될 테고, 배신자에 의해 유폐되거나 입막음당할 것이다. 그래서 호위병이 필요했다.
솔직히 말하자면――.
가슴속 깊은 곳의 진심을 꺼내어 비명을 지른다면――.
일시적인 호위병이 아니라, 언제나 나와 함께 있어줄 강한 부하가 있었으면 좋겠다. 그럼 얼마나 마음 든든할까.

"이스카."
"저는 아직 당신을 부하로 삼는 것을 포기하지 않았어요."

"…………."
왼쪽 가슴에 손을 댔다.
아직 충분히 성숙해지진 않았지만 여성 특유의 부드러움을 지닌 가슴.
오늘 낮.
나는 그의 팔에 달라붙었었다. 익숙하지도 않은 짓을 하면서 가슴을 딱 붙이고 그를 유혹해봤다.
그가 적당한 나이의 이성이었으므로.
그건 왕녀로서 부끄러워할 만한 행위였다. 여왕님이 보셨다면 당장 꾸짖으셨을 것이다.
……하지만. 어마마마.

……여왕의 「품격」을 가장 우선시한다는 점에 관해서만은, 저는 어마마마와 의견이 달라요.

긍지 따윈 부차적인 문제.

이 나라를 지키기 위해서라면, 소녀의 매력을 최대한 발휘해 상대를 유혹하는 것도 마다하지 않는다. 천박하다든가 품격이 없다든가 뭐 그런 것은 신경 쓰지 않는다. 만약에 그걸 비난한다면, 그보다는 전쟁에서 기습을 하는 것이 훨씬 더 비열한 행위가 아닐까.

"저는 괜찮아요…… 더러운 마녀라고 여겨지더라도……."

나는 아무리 천대를 받아도 괜찮다.

천박한 마녀 취급을 당해도 상관없다.

……하지만, 어마마마.

……저는 사실…… 달라붙을 수 있는 상대가 있다는 것이 안심이 돼요…….

이스카와 함께 있는 것이 싫지 않아요.

"지금은 그 사람밖에 없어요."

팔을 붙잡고 그 체온을 느끼면서.

나는 진심으로 안도감을 느꼈다.

맨 처음 목적은 유혹이었지만, 그래도 찰싹 달라붙어 있는 동안에는 그 목적조차 잊어버리고 정신없이 그에게 매달렸었다.

이대로 그와 함께 있으면 얼마나 마음이 든든할까. 그런 생각을 했었다.

"……앞으로 24일? 25일?"

이스카를 비롯한 제907부대가 제시한 호위 기간은 30일.

충분히 넉넉한 시간이었다.

초조해할 필요 없다. 침착하게 중앙주로 이동해서 왕궁으로 들어가자.

"부디 나를 인도해줘. 무수한 성령들이여——."

별에 소원을.

기도에 신비스러운 힘이 있다면 나는 몇 번이라도 기도할 것이다.

Chapter.3
『자매 전쟁』

the War ends the world /
raises the world

1

네뷸리스 황청, 제8주 리스바텐.

아름답게 정비된 거리가 아침 햇빛으로 물들었다. 정교한 돌이 깔린 보도는 통학 중인 청소년들로 북적북적했고, 그 옆의 차도도 통근 차량 때문에 혼잡했다.

……어제 봤을 때에도 생각했는데.

……황청의 노면은 제도 같은 아스팔트가 아니라 그냥 돌로 되어 있구나.

중립도시와 비슷했다.

이 지역이 과거에 독립국가였던 시절의 흔적일 것이다.

"이스카. 이제 그만 커튼을 쳐주세요."

"아 참, 그렇지. 알았어."

호텔 901호실의 거실. 커튼을 쳐서 그 창밖의 풍경을 가렸다.

뒤에서는 시스벨이 소파에 편히 앉아 있었다.

그 옆에서는 미스미스 대장과 네네가 둘 다 융단 위에 주저앉아 있었다.

"상당히 빨리 출발했군."

테이블 옆 의자에 걸터앉은 진이 마녀 공주를 힐끗 쏘아봤다.

"슈바르츠라고 했나? 너의 동행자는 이미 이 호텔을 떠났어. 그렇지?"

"네. 그는 좀 전에 중앙주를 향해 출발했습니다."

소파에 앉은 시스벨이 살짝 고개를 끄덕였다.

평소에는 양 갈래로 높이 묶고 다니는 머리카락을 지금은 길게 늘어뜨렸다. 단지 그뿐인데도 훨씬 어른스러워 보여서, 이스카가 깜짝 놀라 새삼스레 다시 쳐다봤을 정도다.

"슈바르츠의 성령은 은밀한 행동에 적합합니다. 내일은 중앙주에 도착할 테고, 모레는 여왕님을 알현할 수 있을 거예요. 우리는 그의 연락을 기다리면 됩니다."

"내가 궁금한 것은 그 여왕 알현인지 뭔지가 성공한 다음의 일인데."

진은 저격총 탄환을 손에 들고 있었다.

언제쯤 이걸 사용하게 될까?

그런 의도가 담긴 무언의 행동일 것이다.

"생각할 수 있는 경우는 두 가지입니다. 여왕님께서는 아마 자신의 심복을 파견하실 테고, 만약 그게 불가능해도 어쨌든 우리를 안전하게 데려올 방법을 마련해주실 겁니다."

"『만약 그게 불가능해도』라는 후자의 경우는 뭐지? 원인이 뭔데?"

"여왕의 행동에 일일이 반대하는 자가 있습니다. 맨 처음에 말씀드렸다시피 네뷸리스 왕가는 하나로 굳게 단결된 조직이 아니거든요."

"가면 경 말인가?"

"아뇨, 그보다는 여왕을 좋아하지 않는 자들의 총의(總意)입니다."

"——그래서 우리는 여기서 대기한다고? 흠, 적어도 4~5일은 아무것도 못 하고 기다려야겠군."

진이 테이블에 팔꿈치를 대고 턱을 괴었다.

테이블 위에는 이 리스바텐의 지도가 펼쳐져 있었다. 그중 빨간 잉크로 동그라미가 그려진 것은 이 호텔의 위치였다.

"이틀 간격으로 은신처 위치를 바꿔야 해. 한곳에 계속 잠복하는 것은 위험하고, 장기 체류는 호텔 측의 의심까지 살 수도 있어."

"네. 판단은 당신들에게 맡길게요. 그건 제국군의 특기 분야잖아요."

시스벨은 안경을 착용했다.

도수가 없는 변장용 안경. 이스카가 보기에는 저렇게 헤어스타일을 바꾸고 안경을 쓴 시스벨은 완전히 딴사람처럼 보였다.

"계획대로 저와 이스카는 정찰하러 가볼게요. 정찰할 곳은 주요역(主要驛). 중앙주에서 자객이 파견된다면 그 철도를 이용할 거예요."

자객을 오히려 이쪽에서 먼저 찾아낸다는 공격적인 수비 전법이었다.

시스벨의 「등불」의 성령을 이용한다면, 자객을 한 번 보기만 해도 그다음부터는 얼마든지 추적할 수 있을 것이다.

그런데——.

가면 경 부대는 제907부대의 얼굴을 안다.

"자, 이스카 군. 이거 쓰고 열심히 해."

미스미스가 건네준 종이봉투.

열어보니 그 안에는 시스벨의 안경과 비슷한 변장용 안경이 들어 있었다.

"나도 써야 해요?"

"당연하지. 이스카 군, 어서 써봐…… 와, 잘 어울린다! 네네야, 어때?"

"이스카 오빠, 멋있어~~! 왠지 똑똑해 보여!"

"……별로 기쁘진 않네."

이스카는 떨떠름하게 대답하고 거울 앞에서 한숨을 쉬었다.

2

제8주 리스바텐.

주요역 『남(南) 알트리아』.

드넓은 제8주의 남쪽 끝에 위치한 이 역은 대륙 철도를 통해 중앙주까지 연결되어 있었다. 주요역으로서의 기능을 수행할 뿐만 아니라, 쇼핑몰, 호텔 같은 여러 가지 시설이 복합적으로 마련되어 있는 건물이었다.

『남 알트리아에 도착합니다. 잊으신 물건이 없는지——.』

"린, 가자."

"네, 네. 앨리스 님, 이거 무거우니까 좀 기다려주세요."

차량에서 뛰어내리는 앨리스.

뒤이어 한 아름이나 되는 캐리어를 끌고 따라오는 린.

"그 애를 찾아야 해."

"너무 서두르시는 거 아니에요? 벌써 저녁때가 다 됐잖아요. 오늘은 우선 빈방이 있는 호텔부터 찾으셔야 해요. 그곳이 향후 거점이 될 테니까요."

"어? 아직 호텔을 정하지 않았니?"

"……예약하기도 전에 앨리스 님이 열차에 뛰어오르셨잖아요. 실은 이다음 열차를 타고 한밤중에 여기 도착할 예정이었는데."

기진맥진한 린. 지금은 평소처럼 앞치마를 두른 가정부 차림이 아니라, 신기하게도 외출용 파카를 입고 있었다.

앨리스는 중립도시에 갈 때처럼 원피스를 입었는데, 또 신기하게도 머리카락은 뒤로 모아 묶고 있었다.

그리고——.

"앨리스 님."

다른 차량에서 내린 두 남녀 실업가가 스쳐 지나가는 길에 조용히 귓속말을 했다.

"저희도 도착했습니다. 이 주요역에서 각지로 흩어져 수색을 개시하겠습니다. 다음 열차로 후발대도 곧 도착할 예정입니다."

"알았어. 밤 아홉 시에 내가 소집할게."

"알겠습니다."

아무 일 없었다는 듯이 사라져 가는 두 사람. 빳빳한 양복을 차려입은 남녀. 그러나 그들의 정체는 앨리스와 동행한 여왕의 첩보 부대였다.

그들은 아주 자연스럽게 주변의 여행객들에게 섞여 들어갔다. 그 모습을 확인한 뒤.

"……혹시 그 아이가 벌써 다른 주로 이동했으면 어쩌지?"

"국경 검문소에서 발견된 것이 어제입니다. 시스벨 님이 마음만 먹었다면 벌써 옛날에 이 제8주를 빠져나가 이웃 주로 이동했을 테지요."

그러나 일부러 이곳을 수색하기로 했다.

네뷸리스 여왕이 직접 그렇게 명령한 것이다.

"어마마마께서는 시스벨이 여기 머무를 거라고 예측하신 거지?"

"네. 『내 딸이 지혜를 짜냈다면, 여기 숨어서 시종인 슈바르츠를 왕궁으로 보내 연락을 취할 것이다』라고 말씀하셨죠."

시스벨 입장에서 왕궁은 적대 세력의 소굴이다.

왕성의 상황이 어떤지 모르는 채 본인이 직접 접근하는 것보다는, 먼저 시종을 척후로 보내는 것이 무난하다. 그건 앨리스도 납득할 만한 것이었다.

"물론 시스벨 님이 여기 계셔도 찾아내기는 쉽지 않을 겁니다. 이 주의 인구만 해도 수십만 명이니까요."

캐리어를 뒤로 끌면서 린이 말했다.

그들은 주요역 출구로 향했다. 역사 안에 있는 수많은 점포들을 둘러보면서——.

"앨리스 님의 동생이잖아요. 가족으로서 그분이 어디에 갈지 예상해보실 순 없나요?"

"어휴, 그게 되면 얼마나 좋겠니."

앨리스는 어깨를 움츠리면서 대답했다.

"그 애는 언제나 방에만 틀어박혀 있었잖아. 그 애의 취향 같은 것은 전혀 몰라. 케이크를 좋아하는지, 푸딩을 좋아하는지. 그런 것도 몰라."

"앨리스 님은 운이 좋으시잖아요. 그걸로 어떻게든 해보세요. 중립도시에서 그놈의 검사와 자꾸 연속으로 만났던 그 능력으로."

"이스카? 그건 우연이었어."

만나고 싶어서 만날 수 있는 능력이 있다면, 이미 동생을 만나기 위해 썼을 것이다.

애초에 이스카와의 만남도 그래.

……내가 그와 만나고 싶은 장소는 전장인걸.

……그런데 왜 꼭 중립도시처럼 전장 이외의 장소에서만 만나게 되는 걸까.

운이 좋기는커녕 엄청나게 나쁘잖아.

별의 운명은 마치 나를 놀리는 것처럼 내 뜻과는 상관없이 작용한다.

"하지만…… 그래, 시스벨이 어떤 가게에 들를지 생각해보는 것도 재미있겠네. 여긴 워낙 넓은 지역이니까. 머리를 써서 수색해야 해."

앨리스는 여행객들로 붐비는 상점들을 찬찬히 비교하면서 살펴봤다. 그러다가 어딘가를 가리켰다. 신선한 과일주스 가게 간판이었다.

"저기가 수상해!"

"네? 앨리스 님, 진짜예요……?"

린이 완전히 의심하는 눈빛으로 쳐다봤다.

"저건 주요역에는 다 있는 평범한 주스 가게잖아요. 과일을 믹서에 넣고 갈아서 판매하는 가게. 저런 곳에 시스벨 님이 가실 이유가 없잖아요?"

"목마르니까 갈 거야."

앨리스는 린에게 손짓하면서 가벼운 발걸음으로 주스 가게를 향해 이동했다.

"이 건물에는 사람이 많아서 덥고 답답하잖아. 공기 조절 장치 때문에 건조하기도 하고. 그러니까 상쾌한 과일로 목을 축이고 싶어질 거야. 자, 현장검증을 하러 가자. 덤으로 우리도 주스 좀 마시고."

"……그냥 앨리스 님이 주스 마시고 싶으신 거잖아요."

"응, 그러니까 그 아이도 그렇게 생각할 것 같아."

몇 명이 줄을 서 있는 주스 가게. 그러나 역시 동생은 그곳에 없었다.

"어머, 아쉬워라. 여기 없었네?"

"그야 없는 게 당연하죠. 앨리스 님, 무슨 주스 드실래요?"

"어, 글쎄……."

사과로 맛을 낸 영양 만점 그린 스무디.

걸쭉한 두유와 콩가루를 섞은 바나나 주스.

신선한 딸기를 잔뜩 넣은 딸기 셰이크.

전부 다 맛있어 보였지만, 앨리스가 선택한 것은 평소에 좀처럼 마실 기회가 없는 서민적인 주스. 즉, 생크림을 듬뿍 얹은 특제 멜론 소다였다.

"좋아, 정했어. 린, 나는——."

"저 주문할게요. 이 멜론 소다와 딸기 셰이크 한 잔씩 주세요."

"……어?"

앨리스도 린도 아니었다.

불쑥 행렬에 끼어든 흑갈색 머리 소년이, 고민하고 있는 앨리스와 린 앞에서 그렇게 말한 것이었다. 검은 테 안경을 쓴 어른스러워 보이는 얼굴——.

이스카와 비슷한 얼굴과 목소리.

그런 상대를 멍하니 쳐다보는 앨리스의 눈앞에서, 주스를 받아 든 소년이 빙글 돌아섰다.

그리고.

"……………………어?"

"……………………앗?"

눈이 서로 마주쳤다.

변장용 안경을 쓴 제국 소년과, 마찬가지로 변장하려고 머리카락을 묶은 제2왕녀.

"……뭐야, 역시 이스카였구나————?! 잠깐만, 웬 안경이야?!"

"앨리스?! 네가 왜 여기에……."

동생을 찾으러 왔다가 뜻밖에도 제국 사람인 이스카를 만나다니?

그때 린이 그를 가리키면서 소리를 질렀다.

"야, 네가 왜 우리나라에…… 넌 사막에 있었잖아. 그런데 잘도 뻔뻔하게 이런 곳까지 기어 들어왔구나!"

"…………."

"흥! 정체를 들켜서 말문이 막힌 거냐?"

"저, 누구세요?"

"……나, 나다! ……어휴, 봐라! 이러면 알겠지?"

린이 길게 풀어 내린 갈색 머리카락을 양손으로 들어 올려 양 갈래 흉내를 냈다.

헤어스타일을 싹 바꾼 것도 그렇지만, 가정부 같은 앞치마를 벗어버린 것이 결정적이었다. 그래서 이스카는 린을 전혀 알아보지 못했던 것이다.

"이게 어떻게 된 거야?"

앨리스는 이스카를 머리끝에서 발끝까지 살펴봤다.

특히 저 안경이 수상했다. 이스카가 시력이 나쁘진 않을 텐데. 중립 도시에서도 안경은 쓰지 않았었다. 아무리 봐도 변장용이었다.

……어? 그런데 안경 쓴 모습도 괜찮네?

……외모가 어른스러워서 지적으로 보이기도 하고…… 아, 아니, 그게 중요한 게 아니지!

혼자 넋 놓았다가 정신을 차린 앨리스.

그, 그래. 변장했다는 사실이 중요한 거야.

그가 제국 병사로서 이 나라에 침입했다는 사실을 자각하고 있다는 뜻이잖아.

"제국의 임무를 수행하는 건가? 그렇다면 그냥 놔둘 수는 없지."

"아, 아니야! 앨리스, 잠깐만! 그건 오해야"

이스카는 양손에 주스를 든 채 뒷걸음질 쳤다.

"이건 제국의 임무가 아니야. 오히려 내 의지와는 상관없는 일이지……."

"아니라니, 뭐가 아닌데?"

"어, 그게…… 그건, 그러니까, 아아……."

우물우물하는 이스카.

물론 앨리스도 봐줄 마음은 없었다. 황청에 침입한 제국 사람은 중죄인이다. 그리고 그 의도도 궁금했다.

"자세한 이야기는 주요역 밖에 나가서 듣도록 하지. 이스카, 나와 함께——."

"앨리스 님."

이스카에게 바싹 다가가는 앨리스의 등 뒤에서 소리가 났다.

"일부러 우리를 기다려주신 겁니까? 영광입니다."

"방금 도착했습니다."

"으, 응?!"

뜻밖의 호명이었다. 앨리스는 놀라서 날카로운 소리를 냈다.

——여왕의 첩보원 두 명.

회색 양복을 입은 젊은 남녀 2인조가 눈앞에 서 있었다.

"앨리스 님. 그자는 누구입니까?"

옆에 서 있는 이스카를 힐끗 보는 첩보원 두 명. 이스카도 뭔가 심상치 않은 분위기를 느꼈는지 입을 꾹 다물었다.

타이밍이 최악이었다.

……이제 막 이스카를 추궁하려고 했는데.

……첩보원이 그 장면을 본다면 내가 불리해진다.

이스카는 제국 병사다.

그리고 앨리스가「어떻게 여기서 그를 보고 제국 사람이라고 단정할 수 있었는지」, 그 이유가 밝혀진다면. 이번에는 앨리스도 의심받게 될 것이다.

"아, 저기, 그게! 길을 안내해주고 있었어! 여기 이 사람이 여기서 길을 잃었다고 해서. 가장 가까운 출구가 어디인지 가르쳐줬어."

급한 불부터 끄자.

앨리스는 아쉬운 마음에 어금니를 악물면서 이스카의 등을 떠밀었다. 저쪽으로 가! 하고.

"이제 가봐. 길은 알았지?"

"어? 아, 응."

이스카는 어리둥절해하면서도 서둘러 이 자리를 빠져나갔다.

"자, 어때? 이해했지?"

"네. 실례했습니다. 저희가 좋지 않은 타이밍에 말을 걸었군요."

양복 입은 남녀 2인조가 공손하게 고개를 숙였다.

제삼자가 보기에는 앨리스가 사장님 딸이고, 이 두 사람이 회사 직원인 것처럼 보일 것이다. 왕가의 첩보원이라고는 아무도 생각하지 못할 것이다.

"계획대로 행동해. 밤 아홉 시에 소집할 테니까. 최소한 한 명은 움직일 수 있게 해줘."

"알겠습니다."

인파 속으로 사라져가는 왕가의 부하들.

그들이 완전히 사라질 때까지 기다렸다가 앨리스는 린에게 눈짓했다.

"린."

"네. 제국 검사는 8번 출구로 향했습니다. 양손에 주스를 들고 있었으니 뛰어가지는 못했을 겁니다."

"주스 숫자도 중요해. 그걸 보면, 이스카의 동료가 한 명 더 있을 거야."

후다닥 출구로 뛰어갔다.

나머지 한 명은 제국 부대 동료일 것이다. 아마 중립도시에서 마주쳤던 미스미스 여대장이 아닐까. 좀 대하기 껄끄러운 상대다.

"비겁하다!"

"이스카 군에게 무슨 짓을 한 거야?! 이 도시가 어떤 곳인지 알면서 이런 비겁한 짓을 한 거야?"

그 여대장은 앨리스를 「중립도시에서 자기 부하를 공격한 비열한 마녀」라고 생각할 터.

그때 그 오해는 풀리지 않았다. 여대장은 아직도 자신을 원망하고 있을 것이다.

……안타깝게 여겨봤자 소용없어.

……설령 그 사람이어도, 제국 병사가 황청에 침입하게 놔둘 수는 없어.

찾아내서 구속해야 해.

도망친다면 국경까지 쫓아갈 거고, 저항한다면 주저 없이 무력행사도 할 거야.

"앨리스 님, 저기 있어요!"

8번 출구라고 적혀 있는 주요역 간판 아래에서――.

불안한 표정으로 바쁘게 주위를 살펴보고 있는 이스카의 모습이 보였다.

"저 녀석, 저렇게 눈에 띄는 장소에 당당하게 서 있을 줄이야.

게다가 착실하게 주스까지 그대로 들고 있네요? 앨리스 님, 어떻게 할까요?"

"……뭔가 이상해."

왜 도망치지 않는 거지?

이스카가 최선을 다해 도망친다면, 앨리스는 물론이고 린도 그를 따라잡지는 못할 것이다.

"누군가를 기다리고 있을 가능성이 있군요."

"맞아. 그 두 번째 인물을 인질로 잡아야 할 거야. 누군지는 몰라도 이스카보다 더 강한 상대는 아닐 테니까."

숨죽이고 어두운 곳에 숨었다.

목표물은 이스카가 아닌 두 번째 인물——.

즉, 좀 더 약한 녀석이다. 두 번째 인물을 인질로 잡아서 이스카에게 항복을 요구한다. 거기까지 포획 작전을 떠올렸을 때.

"이스카."

한 소녀가 통통 튀는 발걸음으로 다가왔다.

선명한 붉은 기를 띤 금빛 머리카락과 지적인 안경. 앨리스보다 어려 보였지만, 그 사랑스러움은 앨리스와 비슷한 수준이었다.

"오래 기다렸죠? 주스 사줘서 고마워요."

생글생글 웃는 소녀.

머리카락을 풀어 내리고 안경을 썼지만, 저건 분명히 내 동생 시스벨이었다.

"시스벨……?!"
이스카가 기다리던 사람이 시스벨이라고?
황청의 왕녀가 제국 병사를 국내로 끌어들였다고?
……이게 무슨 일이야?!
……이러면 가면 경의 추측이 정답이었다는 거잖아!
전혀 근거 없는 헛소리라고 생각했던 그 추측이, 설마…….

"시스벨 군은 행방을 감춰버렸어. 그러니까 제국군이 시스벨 군을 도와줬다고 생각하는 것이 합리적인 해석이 아닐까?"

이건, 내가 들었던 이야기와는 다르잖아.
시스벨이 왜 제국 병사를 데려온 걸까? 그 이유는 앨리스도 몰랐다.
……저 아이와 이스카와의 관계는 1년 전 일회성 만남으로 끝났을 텐데.
……독립국가에서 우연히 재회하긴 했지만, 단지 그뿐이라고 말했었잖아.
그러나 실제로 현재 동생은 제국 병사와 동행하고 있었다.
이것은 앨리스가 들은 이야기만으로는 설명되지 않는 사태였다. 시스벨과 이스카 사이에 비밀스런 뭔가가 더 있었던 걸까.
"이건…… 곤란하군요."
린도 린답지 않게 미간을 찌푸리면서 중얼거렸다.

"사실 자체만 본다면, 가면 경이 말했듯이 시스벨 님이 황청을 배신하려고 하는 것처럼 보입니다. 그러나 이건 너무 허술하네요."

이스카의 얼굴은 이미 알려져 있었다.

지금 앨리스가 눈치챈 것처럼, 황청 국내에서 이스카가 목격된다면 이렇게 의심을 받을 것이 뻔했다.

"시스벨, 빨리 가자! 들키기 전에!"

"네? 이, 이스카, 잠깐만요. 왜요? 왜 그렇게 서둘러요?!"

두 사람이 뛰어갔다.

주요역 바깥으로 나온 다음에는 다시 걷기 시작했다. 이스카 나름대로 타협한 것이리라. 시스벨이 동요한 자신을 보고 의심할까 봐.

"있잖아, 린? 이스카는 우리에게 들켰다는 사실을 저 아이에게 이야기할까?"

"못 할 겁니다."

린이 두 사람을 뒤쫓아 가면서 대답했다.

"『시스벨, 큰일 났어. 내가 앨리스에게 들켜버렸어』라고 솔직하게 말한다면, 시스벨 님은 아마 이렇게 물어보실 테죠."

"이스카, 그게 무슨 소리예요?"

"변장한 당신을 한눈에 알아보다니, 그만큼 언니와 당신은 서로 잘 아는 사이인가요?"

이번에는 이스카가 시스벨에게 의심받을 것이다.

고로 말할 수 없다.

이스카가 할 수 있는 일은 그저 주요역 바깥으로 달려가는 것뿐. 그보다 더한 행동을 하면 시스벨에게 의심받을 것이다.

"이거 잘됐네요. 앨리스 님. 저 제국 검사는 시스벨 님의 속도에 맞춰서 걷고 있어요. 이대로 추적하시죠."

"좋아, 그렇게 하자."

미행 개시.

이스카와 시스벨은 통행인이 많은 보도를 따라 걸었다. 앨리스는 그 뒤를 어렵지 않게 따라갔다. 그래, 어렵진 않은데…….

어째서일까. 묘한 감각이 느껴졌다.

저녁때라서 그런지, 노을빛에 물든 두 사람의 모습이 무척 낭만적으로 보였다. 사이좋은 커플이 나란히 걷는 것처럼. 그게 너무나 신경 쓰였다.

……뭐지? 속이 부글부글 끓는 이 감각은.

……난 지금 진지하게 미행하고 있는데. 내 동생은 저러고 있고.

변화가 일어났다.

동생이 이스카의 손에 들린 주스 중 하나를 받았다.

"앨리스 님, 시스벨 님이 주스를 받으셨어요!"

"……나도 알아. 봤어."

주스를 마시면서 또다시 길을 걷는 두 사람.

두 사람의 거리가 지나치게 가까워 보이는데. 앨리스의 기분 탓일까?

가깝다. 너무 가까워.

서로 어깨가 닿을 정도였다.

"왜, 왜 저렇게 가까워……?! 너무 가깝잖아, 상대가 제국 병사인데 저래도 돼?!"

"앨리스 님, 저거 보세요!"

린이 손가락으로 앞을 가리켰다.

주스를 먼저 다 마신 시스벨이 이스카의 팔에 찰싹 달라붙었다. 이스카의 팔꿈치를 연약한 양손으로 붙잡고 몸을 밀착시켰다.

이스카는 아직 주스를 다 마시지 못했으므로 그걸 거부하지 못했다.

"뭐, 뭐야?! 이스카가 난처해하고 있잖아. 그런데 저 애가……!"

멀리서 봐도 이스카가 난처해하는 것이 다 보였다.

시스벨은 밑에서 그 반응을 즐겁게 구경하기만 했다. 떨어질 기미가 안 보였다.

가장 큰 문제는 저 표정이었다. 발그레해진 웃는 얼굴.

……시스벨의 저런 표정은 본 적이 없었다.

……나에게도, 어머님께도 보여준 적 없는 표정을 짓다니!

뺨은 상기되었고, 눈도 어쩐지 촉촉해 보였다. 게다가 이 황혼의 분위기까지 어우러져서 뭔가 묘해 보였다. 황청의 공주와 제국 사람 같은 느낌이 아니었다.

완전히 사랑에 빠진 소녀처럼 보였다.

"…………."

그 모습을 보고——.

앨리스는 그동안 느껴본 적도 없는 신체변화를 체감했다.

숨이 막혔다.

게다가 얼굴에 화상이라도 입을 것처럼 뺨이 뜨거워졌다. 온몸의 피가 끓어오르기 시작했는지 몸에서 땀도 났다.

이유는 몰랐다. 몰라도, 저 두 사람에게서 눈을 뗄 수 없었다.

"앨리스 님? 왜 그러세요?"

린이 의아해하면서 이쪽을 쳐다봤다.

주인이 돌연 침묵에 빠지자 이상해서 그런 것이겠지만, 유감스럽게도 현재 앨리스는 시종의 질문에 대답해줄 여유가 없었다.

——이스카, 저거 봐요. 저녁 해가 아름답네요.

저녁 해를 가리키며 수줍게 웃는 동생.

그 미소를 본 앨리스의 심장은 점점 더 빠르게 뛰었다.

"앨리스 님……?"

"후우…… 후우……! 후우우우우우웃!"

"애, 앨리스 님, 왜 그러십니까?! 성난 고양이처럼 숨이 거칠어졌어요! 얼굴도 새빨개졌네요?!"

"그래, 지금 큰일 났으니까!"

이성이 당장 날아갈 것만 같았다.

냉정하게 사태를 인식하는 것도 불가능했다. 그저 이해한 것은 단 하나, 이것이 자기 인생에서 가장 큰 굴욕이라는 사실이었다.

빼앗기기 일보 직전이었다.

"이스카는 내 거야. 내 라이벌이라고. 그런데 저 애가――."

"앨리스 님, 저거 보세요!"

린이 떨리는 손가락으로 가리키는 가운데.

큰길 구석에서 이스카를 불러 세우는 시스벨. 이스카가 돌아보자, 장난스럽게 웃는 얼굴로 제3왕녀가 살짝 발돋움을 하면서 손가락을 내밀었다.

이스카의 뺨.

입술에서 좀 떨어진 곳에 묻은 크림소다 거품을. 놀랍게도 시스벨이 자기 손가락으로 훑어서 떼어줬다.

손수건도 종이 냅킨도 아닌 자기 손가락으로.

물론 당사자인 이스카도 깜짝 놀랐다. 새빨개진 얼굴로 빠르게 무슨 말을 하고 있었는데, 너무 멀어서 그 대화 내용은 들리지 않았다.

……뭐, 뭐뭐…… 뭐 하는 짓이야? 공공장소에서.

……와, 너무 부럽……지 않습니다! 저렇게 파렴치한 짓을 하다니! 저거 봐, 이스카도 놀랐잖아!

왕녀가 해도 될 짓이 아니었다.

정말로 말도 안 된다. 여왕님이 보셨더라면 아마 얼굴이 새빨개지셨을 것이다.

"앨리스 님!"

린이 또 비명을 질렀다.

앨리스가 퍼뜩 정신 차리고 고개를 들었더니, 이스카가 주위를 두리번거리고 있었다. 아마 자기들의 미행을 어렴풋이 눈치챈 것이리라.

그런데 린이 가리킨 대상은 이스카가 아니라 그 뒤에 있는 시스벨이었다.

이스카는 등을 돌리고 있어서 눈치채지 못했다.

등 뒤에서 시스벨이 방금 손가락으로 훑어낸 크림소다 거품을 들여다보고 있다는 사실을.

이스카에게 들키지 않도록 몰래――.

그 손끝에 묻은 거품을, 과감하게 자기 입으로―――.

설마?!

안 돼, 그건 진짜로 안 돼. 아무리 내 동생이어도 그것만은 용납할 수 없어.

"시스벨, 안 돼, 그건―――."

냠.

제3왕녀가 자기 손끝에 묻은 거품을 입에 넣었다.

이스카의 입가에 묻어 있던 거품.

그것을 핥아 먹었다. 이스카가 뒤를 돌아보자, 시스벨은 시치미를 뚝 떼면서도 만족스럽게 얼굴을 붉히며 그를 쳐다봤다.

완벽하게 사랑에 빠진 소녀였다.

"―――."

그 순간.

앨리스 안에서 뭔가가 끊어졌다.

뚝. 소리를 내면서 요란하게 끊어졌다.

시야 전체가 새빨갛게 물들었다. 뜨겁게 끓어오르던 피가 순식간에 차갑게 식었다. 손가락의 떨림도 거짓말같이 사라졌다.

심장 고동도 차분해졌다.

"――――――――――――――전, 쟁, 이야."

"애, 앨리스 님……?"

"――――――――응, 알았어."

뭔가 눈치챘는지 얼굴이 파랗게 질린 린. 앨리스는 환한 미소를 지으며 말했다.

"린. 난 지금 이해했어. 나의 가장 큰 적은 제국이 아니었어."

"네……?"

"여기서 잠시 기다려. 금방 끝내고 올게."

건물 그늘 속에 린을 놔두고 혼자서 큰길로 향했다.

"당장 저 아이를 얼음 조각상으로 만들어 보석상에 팔아버릴 거야. 감히 **나의 이스카**에게 손을 대다니, 그 죄를 몸으로――."

"그러면 안 돼요!! 앨리스 님, 정신 차리세요!"

앨리스가 걸음을 떼기 직전에.

린이 뒤에서 양팔로 온 힘을 다해 앨리스를 붙잡았다. 날씬하지만 잘 단련된 린의 팔뚝. 거기서 쉽게 벗어날 수는 없었다.

"리, 린, 이거 놔! 어딜 함부로 꽉 쥐는 거야?! 이런 공공장소에서!!"

"이렇게라도 하지 않으면 앨리스 님을 막을 수 없으니까 그렇죠!"

"아니, 하지만……!"

이스카를 빼앗길 것이다.

그런 위기에 처한 순간, 앨리스의 머리는 오직 그것만으로 꽉 차버렸다. 용량 초과였다.

동생을 보호하라는 여왕의 명령?

조아 가문과의 대립?

콘클라베?

그런 것은 아무래도 상관없었다. 그 모든 것이 사소한 일처럼 여겨질 정도로, 지금 눈앞에 있는 현실이 머릿속을 가득 채워버렸다. 스스로 생각해도 신기할 정도로.

……왜냐하면…… 왜냐하면, 이스카가 내 곁에서 사라져버리면…….

……**내가 살아가는 보람이 없어지잖아**?!

제국과 싸우는 것은 성령술사의「사명」이고.

네뷸리스 황청의 공주로 태어나 콘클라베에서 이기기 위해 싸우는 것은「숙명」이고.

세계를 통일하는 것은「책무」다.

전부 다 해야만 한다.

별의 운명에 의해 태어난 내가 천명으로서 부여받은 것——.

그러나 이스카는 다르다.

앨리스가 자기 의지로 정한 것이다. 그를 최고의 적수로 선택했다.

"평화 협상. 전쟁을 끝내고 싶어."

"내가 생각한 방법은 네뷸리스의 직계 후손을 붙잡는 것이었어. 네뷸리스 왕가도 자신의 가족이 위험에 빠지면 크게 동요할 거야. 그러니까 어쩔 수 없이 평화 협상에 응할 테지."

그 원대한 계획은 헛된 꿈이다. 실현 불가능하다.

그러나.

그런 이스카의 신념과 삶의 태도에 호감을 느끼고 말았다.

성령술사들의 왕녀인 내가 나의 모든 능력과 신념을 다해서 부딪치고, 그리하여 결판을 내고 싶어 하는「적」.

……그 결투로 인해 어느 한쪽이 패배해도 상관없다.

……단둘이 싸우는 것. 그 자체가 중요하다!

그런데.

하필이면 그 대결 상대를 바로 눈앞에서 빼앗길 위기에 처했다.

"있잖아, 린."

"……네?"

"내가 동생과 결투하는 것을. 여왕님께서 허락해주실까?"

"당연히 안 해주시겠죠?!"

"……쳇. 분하다. 여기서 그저 바라보기만 해야 하다니."

이를 악물고 꾹 참았다.

아직 떨리는 가슴이 진정되지 않았지만, 그래도 현실을 똑바로 인식하는 게 중요했다.

"……그래, 맞아. 아슬아슬하게 입술까지 가진 않았으니까. 뺨에 묻은 거품. 그럼 결투는 나중으로 미뤄도 될 거야."

"도대체 무슨 말씀이세요?!"

자신에게 딱 달라붙은 린이 이쪽을 쳐다봤다.

"앨리스 님, 하나 제안하고 싶은 것이 있는데요. 저에게 저 두 사람을 맡겨주시면 안 될까요?"

"뭐라고? 네가 저 두 사람과 접촉하겠다는 뜻이야?"

"네. 외람된 말씀이오나, 시스벨 님은 아직 앨리스 님에 대한 불신감을 가지고 있습니다. 시종인 제가 혼자 가는 편이 나을 거예요. 그래야 시스벨 님과 생각을 절충하기가 쉽지 않을까요?"

"…………."

린의 눈을 똑바로 바라봤다.

그리고 이해했다. 이것은 절대로 양보하지 않는 단호한 눈빛이다. 앨리스가 무슨 말을 해도 소용없으리라. 린은 이미 결심한 것이다.

"……알았어. 나는 주요역에서 짐을 지키고 있을 테니까. 너에게 맡길게."

"네, 감사합니다. 그럼 다녀오겠습니다!"

바람같이 달려가는 시종.

앨리스는 그 뒷모습을 지켜보면서 다시 한 번 심호흡을 했다.

주인님께서 분노하셨다.

그리고 몹시 불안해하셨다.

"아아, 정말이지. 앨리스 님. 대체 왜 그러시는 거예요?!"

린은 소리를 지르면서 골목길을 계속 달려갔다.

당연히 그 두 사람을 쫓아가는 중이었다.

……그토록 낭패한 앨리스 님의 모습은 처음 봤다.

……너무 화가 나서, 어떻게 대처하면 좋을지 모르고 혼란에 빠져버린 것 같았다.

제국 검사 이스카에 대한 주인님의 집착은 보통이 아니었다.

이스카는 적인 동시에 「마음에 드는 존재」였다.

어린 시절부터 쭉 주인님을 모셔왔는데, 그분이 그렇게 큰 관심을 가진 상대는 이스카 하나뿐이었다. 누가 그것을 빼앗는다면, 설령 그게 여동생이어도 그냥 넘어가지 못할 것이다.

저대로 놔뒀다간 주인님은 틀림없이 폭발할 것이다.

"일이 복잡해졌어. 시스벨 님의 신병만 확보하면 끝날 줄 알았는데……!"

우선 시스벨과 제국 검사를 갈라놔야 한다.

문제는 그다음부터다. 지금 분노한 앨리스가 동생과 만난다면 곧바로 자매 전쟁이 발발할 것이다.

"앨리스 님을 진정시켜야 해. 안 그러면 측근인 내가 제일 곤란해져. 그걸 알기나 하냐, 제국 검사!"

주인님이 화났을 때 진정시키는 방법.

이런 경우에는 누가 뭐래도「스트레스 해소」가 최고다.

1번. 달콤한 디저트를 권한다?

——안 돼. 아까 그 멜론 소다 사건이 떠올라서 또다시 분통을 터뜨리실 거야.

2번. 미술 감상?

——안 돼. 이 근처에는 미술관이 없다. 게다가 지금이라면 "내 동생을 얼음 예술 작품으로 만들 거야!"라고 하면서 또다시 흥분할 가능성도 있었다.

3번. 수면.

——안 돼. 아까 그 장면을 꿈속에서 보고 또다시 분노하실 게 뻔해.

"전부 다 안 되잖아! 어휴, 진짜. 역시 이 방법밖에 없나? 이스카, 너도 같이 책임을 져줘야겠어!"

린은 짜증스럽게 이를 갈면서 골목길에서 큰길로 뛰쳐나갔다.

큰길을 걸어오던 두 사람 앞을 가로막으면서.

"꺅?!"

"————린!"

"조용히 하세요. 제국 검사, 너도 입 다물어."

놀라서 눈을 휘둥그렇게 뜨는 제3왕녀에게 린은 고개 숙여 인사했다. 단, 주위에서 돌아다니는 일반인들에게 의심받지 않게끔 신경 쓰면서.

"시스벨 님, 찾고 있었습니다."

"……린, 오늘은 옷차림이 색다르네요. 당신이 그런 파카를 입다니."

불그스름한 금빛 머리카락을 지닌 소녀가 노골적으로 얼굴을 찌푸렸다. 이스카에게 보여줬던 수줍은 미소는 이미 흔적도 없이 사라져버렸다.

"시스벨 님, 여기서 뭐 하시는 겁니까?"

"보면 알잖아요. 이렇게 밖을 돌아다니면서 견문을 넓히는 것도 중요한 공부입니다. 앨리스 언니가 중립도시에 가시는 것과 마찬가지예요."

"단도직입적으로 말씀드리겠습니다."

린은 얇은 안경 렌즈 너머에 있는 시스벨의 눈을 똑바로 응시했다.

"지금 가면 경이 시스벨 님을『어떤 혐의』로 찾아다니는 중입니다. 혹시 짚이는 것이 있으십니까?"

"!"

소녀의 어깨가 떨렸다.

그런데 린이 주목한 것은 이스카의 반응이었다. 그는 즉시 눈을 가늘게 떴다. 린의 말을 듣고 놀라는 대신에, 좀 더 경계하는 반응을 보였다.

——이 녀석도 알고 있었구나.

시스벨이 표적이 되었다는 것을 당연한 사실로서 인식하고 있는 인간의 반응이었다.

그걸 알면서 마녀 공주와 동행하는 이유는?

……제국 병사가 호위를 해준다고?

……시스벨 님, 당신은 정말로 조국을 배신하고 제국 편이 된 겁니까?

의심은 점점 더 깊어졌다.

루 가문을 모시는 린으로서도 이건 그냥 보아 넘길 수 없었다.

"우선 저도 앨리스 님도 시스벨 님을 해칠 마음은 전혀 없습니다. 실제로 저희는 여왕님의 명령을 받고 당신을 보호하기 위해 여기까지 왔습니다."

"……싫어요."

"싫다니요?"

"저는 보호받고 싶지 않아요. 제가 스스로 왕궁으로 귀환할 겁니다. 앨리스 언니에게도 그렇게 전해주세요."

언니의 도움 따윈 받지 않는다.

역시 이 자매 사이에는 벽이 존재하고 있었다.

"그렇다면 딱 하나만 여쭤보겠습니다. 직접 그 대답을 듣기 전까지는 저도 물러설 수 없습니다."

"내가 왜 여기 있느냐. 그거지?"

이스카가 대답했다.

시스벨을 보호하려는 건가? 일단 린이 보기엔 그랬다.

"그건 우리 대장님과 관련된 일이야."

"이, 이스카……?!"

"오해는 푸는 편이 좋아. 여기서 침묵을 지켜봤자 서로 의심만 깊어질 뿐이야."

"……네. 당신이 그렇게 말씀하신다면."

시스벨은 망설이는 것처럼 눈을 내리깔았다.

그러나 곧 입을 열어서 쉰 소리로 힘겹게 대답했다.

"……알았어요. 제가 이야기할게요."

"앨리스 님을 여기로 모셔올까요?"

"아뇨. 언니에게는 나중에 전해주세요. 여기선 당신에게만 이야기할게요."

"알겠습니다. 이 대화를 녹음해서 앨리스 님께 들려드리겠습니다."

뒷주머니에 숨겨둔 소형 녹음기――.

린은 모두가 지켜보는 가운데 그것을 켜고, 다시 한 번 제3왕녀에게 인사를 했다.

"그럼 시작해주십시오. 시스벨 님."

3

펠릭스 호텔 901호실.

번화가를 붉게 물들였던 저녁 해가 빌딩숲 사이의 계곡 아래로 완전히 가라앉았을 무렵에――.

"저 왔어요."

문을 열면서.

이스카가 돌아왔다. 그 안에서는 부대 동료들 세 명이 대기하고 있었다.

"어서 와……앗?! 뭐야, 왜 그래?!"

미스미스가 이스카의 등 뒤를 뚫어져라 응시했다.

이스카의 등에 업힌 시스벨. 그 소녀에게 미스미스 대장, 네네, 진의 시선이 집중됐다.

"어, 좀 피곤한가 봐요."

이스카는 제3왕녀를 업고 있었다.

원래 몸집도 작고 가냘픈 소녀인데, 지금은 정말로 기진맥진해서 이스카의 등에 제대로 매달릴 힘조차 없어 보였다.

"우리를 추격하는 놈이 없나 살펴보고 다녔는데, 아무래도 익숙하지 않은 일을 해서 피곤해진 모양이에요."

"……네, 보다시피. 지쳤어요."

소파에 눕는 마녀 공주.

──거짓말은 안 했다.

단, 말하지 않은 사정이 있었다. 여기저기 살펴보고 다니는 도중에, 시스벨이 걱정했던「여왕 이외의 수색대」와 딱 마주쳤던 것이다.

……그럴 가능성 자체는 있었다.

……우리가 적을 발견하려고 밖으로 나갔다가 오히려 발견당할 가능성.

시스벨이 이렇게 피곤해하는 것도 오랫동안 걸어 다녀서 그런 것이 아니라, 린과 대화하면서 억지로 익숙하지도 않은 교섭을 하느라 그런 것이었다.

"………….."

"어? 진 오빠, 이거 봐. 얘 지금 잠들었는데? 많이 피곤했나 봐."

새근새근 숨소리를 내기 시작한 마녀. 네네가 그쪽을 가리키며 살짝 쓴웃음 지었다.

"어쩌지? 이스카 오빠가 돌아오면 저녁밥 먹으려고 했었는데. 우리들끼리 먼저 저녁밥 먹으면 이 애가 화낼까?"

"십중팔구 화낼 거야. 이 녀석은 자기중심적이니까. 자기만 따돌림 당하면 당연히 난리 칠걸? 얌전히 기다리는 것이 무난한 선택이야."

"아이참. 네네도 대장님도 배고픈데……!"

네네가 뾰로통해진 얼굴로 냉장고에서 주스를 꺼냈다.

"하는 수 없지. 일어날 때까지 주스나 마시면서 참아볼게. 대장님, 마실래? 이 방 냉장고에는 뭐든지 다 있으니까."

"응, 마실래! 난 진저에일 마실 거야!"

"대장님, 오늘 진저에일만 세 병째인 거 알지? 진 오빠는 어때? 뭐 마실래?"

"물."

평소와 똑같은 진.

지금은 테이블 옆 의자에 앉아 독서하는 중이었다. 멀리서 슬쩍 보니까, 황청에서 발행된 문헌을 열심히 읽고 있는 것 같았다.

그 광경을 보고 입을 열었다.

"진, 한 번 더 이곳을 지켜줄래?"

"……왜. 넌 또 나가게?"

"복도에 나가보려고. 혹시 모르니까 호텔 안을 살펴보고 올게. 어차피 저 애가 일어날 때까지는 아무것도 할 수 없잖아."

"그래, 한 시간 이내에 와."

은발 저격수의 말에 이스카는 고개를 끄덕이고 또다시 그 방을 뒤로했다.

복도로 나왔다.

저녁식사 시간이라 사람들이 돌아다니고 있었다. 그들은 이스카에게는 신경 쓰지 않았다. 제국 사람이 여기 당당하게 서 있을 거라고는 생각도 안 해봤을 것이다.

엘리베이터를 타고 위층인 10층으로 갔다.

넓은 복도 저쪽에서 이스카를 맞이한 것은 갈색 머리 소녀였다.

"약속대로 혼자 왔군. 너희 부대의 나머지 멤버들은 전원 방 안에 남아 있지?"

"안 그랬으면 지금쯤 큰일 났을 텐데. 안 그래?"

"그렇지."

린이 팔짱을 꼈다.

"시스벨 님은?"

"피곤해서 잠들어버렸어. 누구 씨가 온갖 질문을 퍼부어서 그런 게 아닐까?"

"그건 나의 직무다. 그리고 한마디 더 하자면, 이번만은 시스벨 님의 자업자득이라고 할 수 있어. 설마 제국 병사에게 자신을 호위해 달라고 부탁하실 줄이야…… 국민들이 알면 큰일 날 거야."

린이 조그맣게 혼잣말을 했다.

이어서 그 입술에서 기막혀하는 한숨이 흘러나왔다.

"전직 사도성 나부랭이인 너 같은 제국 사람이 두 번이나 우리 나라에 들어올 줄은 몰랐다."

"들어오고 싶어서 들어온 것이 아니야. 아까 시스벨이 설명했잖아."

"…………."

"오히려 우리는 빨리 시스벨한테서 보수를 받아서 국경 밖으로 나가고 싶어."

한 시간 전──.

시스벨이 린에게 가르쳐준 사실은 세 가지였다.

첫째, 황청으로 돌아오기 위해서는 호위병이 필요했다.

둘째, 이때 성령술사로 변한 제국 대장의 존재를 알게 되었다.

셋째, 성령술사는 동지. 그래서 시스벨은 자신의 호위와 그에 따른 보수를 교환조건으로 제시했다.

"중립도시에서는 황청과 제국은 싸우지 않게 되어 있잖아요?"

"그것을 독립국가까지 확대 적용시켜서, 일시적 휴전을 제안하고 교환조건을 제시한 것뿐이에요."

그것이 시스벨의 주장이었다.

호위를 받은 대가로 미스미스 대장의 성문을 감추는 밴드를 제공한다. 그 사실도 린을 통해 앨리스에게 전해졌을 것이다.

……그건 문제가 없다고 생각한다.

……원래 앨리스는 미스미스가 마녀로 변했다는 사실을 알면서도 침묵을 지켜줬으니까.

린은 복도를 걷기 시작했다.

엘리베이터가 아니라, 복도 끝에 있는 비상계단을 가리켰다.

"시스벨 님의 호위병이 너 말고 다른 제국 병사였다면 믿지 않았을 거야."

"…………."

"내 나름대로 앨리스 님께 진언을 해드렸다."

린이 계단을 올라갔다.

시스벨의 방은 9층. 그보다 두 층 더 높은 11층으로 향했다.

"시스벨 님의 논리는 빈약해. 어떤 사정이 있어도, 그분이 제국 부대를 고용한 것은 왕가의 신용이 실추될 만한 행위다. 조아 가문이 알면 안 돼."

"조아 가문?"

"…………실언을 했군. 가면 경 일파의 혈족이다."

갈색 머리 소녀가 이쪽을 돌아봤다.

두 계단 위에서 앨리스의 시종이 그녀답지 않게 한숨을 푹 내

쉬었다.

“그러니까『모르는 척』하셔야 합니다. 나는 그렇게 앨리스 님께 내 의견을 말씀드렸다.”

“우리를 못 본 척하겠다고?”

“우리는 관여하지 않을 것이다. 시스벨 님이 누구를 고용해서 어디로 가시든, 우리는『모르는 척』할 거다. 자력으로 왕궁에 도착하면 다행이고. 만약 실패해서 시스벨 님과 제국 부대의 교환조건이 남에게 들통나기라도 하면, 그것은 시스벨 님 자신의 죄로서 혼자 책임지셔야 할 것이다.”

앨리스는 이번 일을 여왕에게 보고하지 않는다.

일부러 알리지 않음으로써, 이 사태가 크게 불거졌을 때 제3왕녀가 혼자서 책임지게 하는 것이다. 생명이 위험해진 도마뱀이 자기 꼬리를 잘라내듯이.

……1년 전의 나와 마찬가지구나.

……마녀 탈옥 사건 당시 제907부대 동료들에게 사정을 가르쳐주지 않았던 이유와 똑같았다.

이스카의 단독행동으로 하고 싶었다.

자기 계획을 조금이라도 밝혔더라면, 미스미스 대장님, 네네, 진도 같은 죄로 체포됐을 것이다.

“그런데 앨리스 님께서는 너의 증언도 직접 듣고 싶다고 하셨다.”

“이미 각오는 했어.”

거부권은 없다. 앨리스가 그럴 마음만 먹는다면, 이스카를 비롯한 제국 병사들은 당장이라도 성령 부대에게 체포당할 테니까.

"여기다."

비상계단에서 다시 호텔 복도 안으로 들어왔다.

그 복도의 어느 한 객실 앞에서 린이 멈춰 섰다.

"너 혼자 들어가라."

"어? 린, 너는?"

"나? 음, 실은 로비에서 별동대가 대기하고 있거든. 앨리스 님이 너와 함께 있는 동안에 나는 시간을 벌어야――――앗! 이놈, 나에게 무슨 말을 시키는 것이냐!"

"아얏?! 자, 잠깐만, 그 나이프 뭐야?! 치사하잖아!"

찔렸다.

린이 소매 속에 숨기고 있던 나이프로 가차 없이 이스카를 찌른 것이다.

"네 이놈, 교묘한 화술로 앨리스 님의 예정을 알아낼 작정이로구나. 흥, 실망했다. 네가 이렇게 고식적인 수단을 쓰는 놈이었다니!"

"아니, 그냥 네가 자진해서 말해줬잖아?!"

"시끄럽다! ……아아, 정말. 네놈과 대화하면 뭔가 자꾸 꼬인단 말이지."

나이프 끝으로 방문을 가리키는 시종.

"빨리 앨리스 님의 방으로 들어가라. 가서 심문이든 고문이든 마음껏 받아봐!"

"뭐? 고문? 방금 자연스럽게 무서운 말을 한 것 같은데?"

"한마디만 해두마."

린이 이스카의 등을 나이프로 위협하면서 말했다.

"이유는 몰라도, 지금 앨리스 님은 평정을 잃으신 상태다. 쉽게 말해 엄청나게 화가 나셨다는 거다."

"뭐라고? 아니, 왜……."

"몰라. 아무튼 지금은 그분이 왜 화가 나셨는가 하는 「진리」보다도, 그 분노를 마음껏 터뜨릴 대상이 되어줄 「산 제물」이 있어야만 해. 참고로 나는 그런 역할은 사양하고 싶다."

"나도 싫거든?!"

"됐으니까 빨리 가. 가서 앨리스 님의 분노를 가라앉힐 희생양이 되어라!"

"야, 야?!"

문이 열렸다.

뒤에서 린이 이스카의 등짝을 걷어찼다. 그는 그대로 앨리스의 방 안으로 구르다시피 들어갔다.

——거실.

눈부신 조명으로 빛나는 넓은 홀. 그 공간의 한구석에 있는 호화로운 소파에서, 한 소녀가 가만히 앉아 말없이 이쪽을 보고 있었다.

"……………………………."

확실히 이상했다.

우선 앨리스의 행동거지가 평소와는 달랐다.

앨리스는 소파 위에서 두 무릎을 끌어안고 어린아이처럼 앉아 있었다.

평소 같으면 이 시점에서 "잘 왔어"라는 말 한마디는 건넬 텐데, 이쪽을 쳐다보기만 하고 한마디도 하지 않았다.

안광도 유난히 강렬했다. "앨리스의 기분이 안 좋다"고 린이 말했는데, 그 분노가 벌써부터 조금씩 드러나고 있었다.

……설마. 다짜고짜 공격하는 건 아니겠지?

……성검은 놔두고 왔는데. 성령술로 공격당하면 도망칠 수밖에 없다.

아냐, 아냐. 진정하자.

나는 앨리스의 호출을 받고 여기까지 왔다. 앨리스는 자기 여동생에 관한 이야기를 듣고 싶어 할 테니까, 다짜고짜 나를 공격할 가능성은 낮다……고 믿고 싶다.

"저, 저기. 여보세요?"

"…………."

"린이 여기까지 안내해줬어. 시스벨이 이야기한 내용을, 나한테서도 직접 듣고 싶다며?"

"필요 없어."

"뭐라고?"

귀를 의심했다.

마녀 공주가 그동안 한 번도 들어본 적 없는 자포자기한 말투로 대꾸했기 때문이다.

"…………그게 아니야. 너를 부른 이유는 그게 아니라고."
빼친 어린아이 같은 목소리.
이스카가 그 의미를 추측해보기도 전에.
"도대체 이게 무슨 일이야?!"
절박한 비명 같은 소리가 거실에 울려 퍼졌다.
무시무시했다.
당장이라도 울음을 터뜨릴 듯한. 그걸 필사적으로 참고 있는 듯한, 떨리는 목소리.
"……도대체…… 이게 무슨 일이냐고……!"
금발 소녀가 일어났다.
그 보석 같은 붉은색 눈동자가 수면처럼 일렁거리는 가운데, 네뷸리스 황청의 왕녀는 주먹을 꽉 쥐었다.
그러나 이스카는 아직도 이해를 못 하고 있었다.
상대가 화났다는 것은 알았다. 그런데 저 분노는 어디서 비롯된 감정일까? 측근인 린조차도 "모른다"고 했었다.
"무슨 일이냐니? 나야말로 무슨 일인지 모르겠는데."
다시 입을 다물었다.
그러나 이번에는 앨리스도 조심조심 입을 열었다.
"아까 낮에. 그 아이와 같이 걸어 다녔잖아."
"……시스벨 말이야?"
끄덕끄덕. 고개를 움직이는 앨리스.
"나, 그거 봤어."

"그건 호위의 일환이었다고 설명했잖아. 린을 통해서 들었지? 애초에 정찰을 하려고 둘이서 함께 주요역에 갔던 거야. 그 가면 경인지 뭔지 하는 남자의 일파가 그 역으로 온다는 이야기를 들었거든."

실제로 그건 올바른 판단이었다.

앨리스도 주요역을 이용했으니까. 단지 그들의 계획에 오산이 있었다면, 그것은 시스벨의 억지스런 부탁일 것이다.

……"저기요, 이스카. 나 목말라요"라고 말한 것이 문제였다.

……그 일만 없었더라면 앨리스에게 들키지도 않았을 텐데.

아무튼 모르겠다.

앨리스가 화내는 이유가 뭘까?

"린이 이야기해줬고, 나도 실은 알고 있었어. 이번 시스벨의 제안은 사실상 황청에서도 제국에서도 용납될 만한 것이 아니야. 그래서 그렇게 화가 난 거야……?"

"아니야."

마녀 공주가 고개를 가로저었다.

똑바로 선 채. 진심으로 무슨 말을 하고 싶다는 듯이 입을 벌렸다가, 또다시 망설이는 것처럼 입을 다물어버렸다.

"앨리스. 불쾌하게 들릴지도 모르지만 한마디 할게. 네가 말해주지 않으면 나도 뭔지 알 수가 없어."

"…………."

그 후 얼마나 기다렸을까.

앨리스가 숨을 들이마시는 것이 느껴졌다.

"…………**같이 걸었잖아.**"

"뭐?"

"내 동생과 같이 손잡고 걸었잖아. 나만 쏙 빼놓고."

"응? 그거야 뭐, 나는 호위병이니까."

대놓고 삼엄하게 경계하면 남들에게 의심받을 것이다.

그러므로 길거리를 걸을 때에는 자연스럽게 행동하는 것이 당연했다. 게다가 그것은 앨리스의 여동생을 지키는 아주 중요한 행위였다.

그런데 이 언니는 도대체 그 행위의 어떤 점에 집착하는 걸까?

"……아, 아니, 그러니까! 너 말이야, 내가 전에도 말했잖아. 너는 좀 더 섬세해질 필요가 있어. 원래 너의 그런 점이……."

"?"

"아 그래, 알았어. 그냥 가르쳐줄게!"

눈앞을 가리는 앞머리를 옆으로 확 치우면서.

빙화의 마녀 앨리스리제가 이쪽을 향해 삿대질을 했다.

"내 동생 혼자만 즐기고 있었잖아. 치사해!"

실내에 울려 퍼지는 선언.

"…………뭐라고요?"

고개를 갸웃거리는 이스카. 그러자 앨리스 본인이 직접 한 걸음, 또 한 걸음 이쪽으로 다가왔다.

여전히 삿대질을 하면서.

"이건 배신이야!"

"그게 무슨 소리야?!"

"내 라이벌——내 것이 되기로 약속했었잖아. 그런데 어떻게 그 애 말을 고분고분 들을 수가 있어?!"

"말을 고분고분 들은 적은 없는데…… 어쨌든 이번 호위 임무에는 우리 목숨도 달려 있어. 나는 이게 무슨 부도덕한 행위일 거라고는 생각하지 않아."

여대장의 성문을 숨기기 위한 거래다.

50일 후에 제907부대는 제도로 귀환한다. 그때까지 밴드를 손에 넣지 않으면 우리들 모두 체포될 것이다.

"그, 그래도 난 납득할 수 없어!"

"그럼 너에게도 물어볼게. 지금 당장 우리가 시스벨의 호위를 그만두는 대신에 너한테 그 밴드를 달라고 요구한다면, 너는 줄 거야?"

"그, 그건 안 돼. 적에게 은혜를 베풀 수는 없으니까!"

"그래? 그럼 역시 어쩔 수 없네."

"으윽~~~~~!"

"저기요, 그렇게 어린애처럼 화를 내셔도……."

"……휴."

마녀 공주는 땅이 꺼져라 한숨을 내쉬더니, 어깨를 축 늘어뜨렸다.
"내가 이렇게 화를 내도 동요하지 않고, 신경도 써주지 않다니. 아마 이런 사람은 이 세상에 너밖에 없을 거야."
"내가 신경 써주면 오히려 이상하지 않아? 우리는 적이니까."
"맞아. 그래서 더 이상 투정 부릴 의욕도 사라졌어…… 응, 그래. 네 얼굴을 보니까 기분도 좀 풀리네."
금발 머리 공주님은 크게 심호흡을 했다.
표정에서 독기가 사라지고 눈빛이 부드러워졌다.
"그래도 이것 하나는 분명히 말해둘게. 내가 화내는 상대는 네가 아니야."
"그래?"
그럼 누구――.
그렇게 물어보려다가 참았다. 앨리스가 다시 화를 낼지도 모르니까.
"그럼 시스벨한테도 화나지 않은 거지?"
"바로 그 시스벨 때문에! 무지무지 화가 났거든요?!"
"시스벨 때문이었어?! 어, 그래서 어쩔 건데?"
"좋은 질문이야. 그걸 지금부터 정할 거야."
앨리스는 만족스럽게 고개를 끄덕이더니.
단둘이 있는 거실을 한 번 둘러봤다.
"너를 여기로 부른 이유는 증인 신문을 하기 위해서야. 네뷸리스 황청의 제2왕녀인 나에게는 그보다 하위인 왕녀를 심판할 권리가 있어.”

“……진짜로?”

“왕궁에 돌아가면 그런 법률을 만들 거야. 입법위원회를 열어서.”

“억지로 심판하려는 거잖아?!”

“아무튼 너도 협력해줘. 서둘러야 해. 안 그러면 린이 돌아올 거야.”

앨리스가 거실 중앙에 서서 손짓했다.

유리벽 너머는 칠흑으로 덮여 있었다. 이 밤에 호텔 고층에서 내려다보는 황청의 거리는 불빛들로 반짝반짝 아름답게 빛나고 있었다.

“어험. 자, 그럼 이스카. 시작해보자.”

“……뭘?”

“오늘 낮에 시스벨이 너에게 했던 행위를 확인할 거야. 너의 **유일한** 라이벌로서, 나는 그것을 알 권리가 있어.”

유일하다는 표현을 강조하면서.

갑자기 앨리스가 이쪽으로 접근했다.

이 넓은 거실에서 부자연스러울 정도로 가까운 곳까지 다가오더니 강제로 이스카의 손을 붙잡았다.

“……두, 둘이서 손을 잡았지? 이런 식으로.”

꽉.

정열적이다 싶을 정도로 힘차게 붙잡은 손바닥에서 소녀의 체온이 느껴졌다.

"저, 저기…… 앨리스?"

"우, 움직이지 마!"

반사적으로 손을 빼내려고 했지만, 앨리스의 손이 그걸 허락하지 않았다.

이스카가 그 옆얼굴을 말똥말똥 바라보는데도 앨리스는 그저 자신이 붙잡고 있는 이스카의 손만 내려다보고 있었다.

마치 손의 감촉을 확인하는 것처럼.

"조, 좋아. 이런 짓을 했단 말이지. 그 아이가."

"……보기만 해도 알지 않아?"

"아니야. 실제로 체험해보지 않으면 몰라. 어, 저기…… 네 손바닥은, 역시 딱딱하구나. 언제나 검을 쥐기 때문일까?"

"뭐야, 왜 이렇게 수상하게 굴어?!"

"아냐! 이건 엄연한 조사야!"

앨리스는 뺨을 발그레하게 붉히면서 부정했다.

잡고 있던 손을 겨우 놓아줬다. 그런데 그 직후, 놀랍게도 곧바로 이스카의 팔꿈치를 붙잡더니 자기 양팔을 거기에 딱 붙였다.

——낮에 동생이 한 짓과 똑같았다.

마치 커플처럼 팔짱을 꼈다.

"그다음에 이런 짓을 했지? ……저, 정말 파렴치해. 게다가 아주 큰 잘못이야. 일국의 왕녀가 하필이면 적국의 병사와 팔짱을 끼고 돌아다니다니."

"……앨리스, 너도 지금 똑같은 짓을……."

“나, 난 그저 검증하고 있을 뿐이야! 이건 황청의 위기일지도 몰라. 그러니까 좀 더 자세히 조사해볼 필요가 있어.”

“자세히?”

불난 집에 기름을 부어버렸구나.

이스카가 그 사실을 깨달은 것은 정확히 1초 후였다.

“그래, 맞아. 그 애는 좀 더 너에게 가까이 다가갔었어!”

팔짱을 낀 자세로 한층 더 밀착했다.

그뿐만이 아니었다. 이스카의 오른팔에 매달리듯이 양팔을 얽었다. 체중을 거기에 실었다. 저절로 그의 팔뚝에 앨리스의 가슴이 닿았다.

“이, 이렇게 했었지……!”

전혀 가볍지 않았다.

묵직한 앨리스의 가슴의 감촉이 강하게 느껴졌다. 부드러운데 묵직했다. 이스카는 마치 미지의 물질에 닿은 듯한 감각을 느꼈다.

……향수인가? 좋은 냄새가 났다.

……아니, 잠깐만. 아무리 생각해봐도 이건 위험하지 않아?!

동생도 충분히 자극적이었다.

하지만 언니는 파괴력의 차원이 달랐다. 앨리스의 경우에는 가슴을 딱 붙이니까 그 풍만한 가슴의 골짜기 사이로 이스카의 팔뚝이 쑥 들어가 버렸다.

마치 포근하게 감싸인 것 같았다.

“애, 앨리스…… 지, 지금…… 뭐 하는 거야……?”

"도, 동생 흉내를 내는 거야! 더 이상 묻지 마!"

물론 본인도 자신의 행동을 알고 있었다.

빙화의 마녀로서 공포의 대상이 되어온 이 소녀는 얼굴뿐만 아니라 귀까지도 사과처럼 새빨개졌다. 부끄러움과 망설임 때문에 갈등하는 게 틀림없었다.

그러나 앨리스는 멈추지 않았다.

"이, 이건 불건전해. 크게 잘못된 일이야…… 그 애는 어쩜 이렇게 부러운…… 아니, 파렴치한 짓을……."

"그럼 앨리스, 너도 팔을 놓으면 되잖아."

"안 돼!"

단호하게 거절하는 앨리스.

마치 어미에게 매달리는 아기 고양이처럼 필사적으로 이스카에게 달라붙어 떨어질 생각을 하지 않았다.

게다가 숨결도 좀 묘했다.

가까이 있어서 그런가? 앨리스의 한숨이 은근히 달콤한 것 같았고, 가끔은 또 거칠어지는 것 같았다. 이스카의 착각인 걸까?

"……아…… 하아……………… 으응……."

"뭐 하는 거야?!"

"아, 아니, 그냥. 긴장해서 그런 거야! 너라는 강력한 적이 이렇게 가까이 있으니까. 긴장해서 숨이 거칠어지는 것도 당연하잖아?!"

"알았어. 그럼 이 팔 놓고 떨어져."

"안 돼! 조, 좀 더 검증해봐야 해!"
앨리스가 또다시 거절했다.
이스카의 팔뚝이 반쯤 파묻힐 정도로 더 격렬하게 자기 가슴을 딱 붙였다. 그리고 갑자기 이스카의 귓가에 대고 조그맣게 속삭였다.
"…………떨어지기, 싫어."
"뭐?"
"아, 아무 말도 안 했어! 아니, 저기. 방금 그건…… 아, 그래. 진짜로 내 동생이 된 것처럼 해봤을 뿐이야!"
앨리스가 몹시 동요하여 고개를 들었다.
커다란 눈동자가 뜨겁고 촉촉하게 젖어 있었다. 앨리스는 적이다———그걸 자각하고 있는 이스카조차도 한순간 숨이 턱 막힐 정도로 압도적인 아름다움이었다.
"…………."
"…………."
말문이 막혀버렸다.
팔과 팔을 얽으며 자신에게 기대는 앨리스의 체온을 어렴풋이 느끼면서. 그녀의 눈동자에서 눈을 떼지 못했다.
그 이유는 이스카 본인도 몰랐다.
한편 앨리스는 열기 띤 눈동자에 약간의 망설임을 담은 채 입을 열었다.
"저, 저기, 이스카. 이건 중요한 일인데. 라이벌이라면 서로를 좀 더 깊이 알아야——."

"앨리스 님, 무사하십니까?!"

"꺄악?!"

문이 벌컥 열렸다. 앨리스는 놀라서 펄쩍 뛰었다.

출입구에서 뛰어 들어온 사람은 시종인 린이었다.

"리, 린, 뭐야?! 지, 지금 중요한 상황이었는데!"

"중요한 상황이요?"

"앗……."

실언했다.

그걸 깨달은 앨리스는 그제야 정신 차리고 주위를 둘러봤다.

"아, 아니, 별것 아니야. 그런데 너는 아래쪽 플로어에 내려갔던 거 아니었어……?"

"아무리 그래도 제국 검사와 단둘이 계시는 것은 위험하다고 판단했습니다. 그래서 서둘러 달려왔는데요…… 어, 앨리스 님?"

앨리스의 얼굴을 말끄러미 쳐다보는 시종.

"어쩐지 피부가 반짝반짝 빛나는 것 같네요. 좀 전에는 완전히 흙빛이었는데."

"그, 그런가……?"

물을 머금은 것처럼 촉촉하게 젖어 진주같이 맑게 빛나는 피부.

린도 사춘기 소녀이므로 앨리스의 피부 변화는 금방 눈치챘다. 이 단시간 내에 마치 생기를 얻은 것처럼 피부색이 생생하게 되살아난 것이다.

“앨리스 님. 무슨 일이 있었나요?”
“……아무 일 없었어! 없었다니까!”
린이 지그시 쳐다보자, 앨리스는 딴청 피우면서 먼 곳을 바라봤다.
“얼굴이 빨개지신 것 같은데요.”
“아, 아냐, 기분 탓일 거야!”
“……흐음. 앨리스 님, 잠깐 실례합니다.”
앨리스의 이마에 손을 댔다.
몇 초 후. 린이 눈을 부릅떴다.
“맙소사. 앨리스 님, 열이 엄청나신데요?! 장기 여행을 연속으로 하셔서 감기 걸리셨나 봐요. 당장 쉬셔야겠어요.”
“아닌데?! 그, 그런 거 아니야. 린, 오해야. 난 건강——.”
“제국 검사!”
린은 주인님의 말은 듣지도 않고 이스카를 향해 분노를 터뜨렸다.
“앨리스 님께서 이렇게 열이 많이 나는데도 일부러 모르는 척하다니! 이놈, 네 죄를 아느냐?!”
“아뇨, 오해인데요?!”
“시끄럽다, 그 입 다물어. 게다가 이제는 여왕님의 첩보 부대를 소집해야 할 시간이다. 너는 2초 내에 사라져라!”
“그쪽에서 불러놓고선 너무하는 거 아냐?!”
린이 나이프를 겨눴다. 이스카는 전력을 다해 방 밖으로 뛰쳐나갔다.

……오른팔에는 아직 앨리스의 체온이 남아 있었다.

……아니, 내가 무슨 생각을 하는 거야. 이건 잡념이야. 잊어야 해……!

여전히 팔뚝에 남아 있는 가슴의 감촉.

압도적 질량감이 느껴지는데도 부드러웠다. 이쪽을 압박하는데도 불쾌하지 않았다. 오히려 편안한 느낌이 들었고———.

그리고 그 한숨도 관능적이었다.

"아 진짜, 아냐, 아니라니까!"

이스카는 잡념을 떨쳐내려고 정신없이 비상계단을 뛰어 내려갔다.

Intermission

『「여왕 암살 계획」 그리고 「여왕 포획 계획」』

the War ends the world /
raises the world

1

네뷸리스 왕궁「여왕의 방」——.

하늘이 까만색으로 변할 시각이 되어도 이 커다란 홀은 아침과 다름없이 빛으로 가득 차 있었다.

낮에는 태양광.

밤에는 그 빛을 흡수해서 밤에 빛나는 월정석(月晶石). 커다란 홀의 천장과 벽과 기둥이 저마다 아침 햇살만큼이나 환한 빛을 뿜어내고 있었다.

"어마마마. 늦어서 죄송합니다."

"아뇨, 일리티아. 당신은 정확히 제시간에 왔습니다. 문제없어요."

여왕의 방의 문이 열렸다.

거기서 장녀가 단아한 걸음걸이로 등장하자, 여왕 네뷸리스 8세는 그녀를 향해 눈짓했다.

"협의가 시작되려면 15분 남았습니다. 협의 장소는 이 층에 있는 집무실이니, 5분 전에 우리도 이동하도록 합시다."

"네. 어마마마."

아름다운 절세미인이 미소를 지으며 공손하게 고개를 숙였다.

일리티아 루 네뷸리스 9세.

구불구불 물결치는 머리카락은 참으로 아름다운 금빛 에메랄드 그린이었다.

차녀 앨리스보다도 더 풍만한 연분홍색 가슴은 남성뿐만 아니라 여성까지도 저절로 넋을 잃게 만들 정도로 섹시함이 흘러넘쳤다.

두 눈동자에는 사랑스러운 웃음기가 배어 있었다. 보는 사람의 마음을 훔치는 미모였다.

——경국지색.

스무 살이 된 이 왕녀의 아름다움은 극에 달했다. 마성의 영역까지 넘볼 정도로.

"신기하군요."

일리티아가 노래하듯이 즐거운 목소리로 말했다.

"어마마마께서 힘으로 밀어붙이는 수단을 택하시다니. 왠지 가슴이 설레네요."

"…………."

"예정되지 않았던 혈족 협의를 급히 열어서 조아 가문을 왕궁에 억지로 머물게 한다. 그 틈에 앨리스를 리스바텐으로 보낸다. 대충 그런 계획이지요?"

여왕은 대답하지 않았다.

일리티아는 개의치 않고 한층 더 즐거워하면서 이야기를 계속했다.

"3대 혈족 협의는 루 가문, 조아 가문, 히드라 가문의 번영을 기원하면서 대체로 1년에 한 번씩 개최되던 유서 깊은 행사입니다. 그것을 대놓고 남용하는 이 대담한 행위라니. 저는 기쁩니다. 여왕이라면 그 정도는 해야지요."

"…………."

"후후, 앨리스는 리스바텐에 도착했을까요? 무사히 시스벨을 찾아내면 좋으련만."

"일리티아——."

타이르는 말투.

"여기 부하들이 있습니다. 오해할 만한 발언은 삼가세요."

"어머나, 실례했습니다. **여왕 폐하**."

여왕의 방에 있는 사람은 여왕과 일리티아 두 명만이 아니었다.

혈족 회의에 참가하는 정책 비서관, 서기관들. 총 네 명이 루 가문의 부하들 중에서 선출되어 이곳에 모여 있었다.

조아 가문과 히드라 가문 사람은 없었지만, 만에 하나라도 지금 이 대화가 그들의 귀에 들어가면 곤란했다.

"제가 좀 흥분했나 봐요."

일리티아가 입가를 손으로 가리고 작위적으로 웃었다.

"그래도 적당히 시간 때우기에는 좋은 잡담이었죠? 여왕 폐하."

시계탑——.

벽 근처에 있는 첨탑에서는 시곗바늘이 정확히 협의 시작 5분 전을 알리고 있었다.

"갑시다. 지각하면 안 되니까요."

여왕이 몸을 돌렸다. 바닥에 끌릴 정도로 긴 드레스 자락을 휘날리면서 딱딱한 바닥을 밟고 문 쪽으로 다가가려고 했다. 그런데 그 순간.

여왕, 일리티아, 부하 네 명. 도합 여섯 명의 눈앞에서.

불룩…….

이 홀의 문이 비눗방울처럼 일그러지면서 부풀어 올랐다.

『잘 가라. 루 가문 사람들.』

두꺼운 금속 문이 시뻘겋게 변하면서 부풀었다.

폭염——.

"?!"

문에서부터 폭발적인 불길이 터져 나와 여왕의 방 전체를 덮쳤다.

창가의 커튼이 순식간에 시커먼 숯덩이로 변했다. 밀려들어온 충격파에 홀의 바닥이 뜯겨 날아갔다. 원기둥은 흔적도 없이 박살 나버렸다.

무슨 일이 일어난 거지?

폭발? 화재? 시야가 어두워지는 가운데, 여왕 네뷸리스 8세가 기억해낸 것은 몇 번이나 전장에서 봤던 제국군의 일제폭격이었다.

그 전장을 뚫고 살아남은 경력 덕분에 밀라베어 여왕은 간신히 의식을 잃지 않고 버텼다.

"얕보지 마라!"

여왕이 아니라.

시조의 후예 중 하나. 과거에 숱한 전장을 제압했던 경력이 있는 강자로서, 밀라베어 루 네뷸리스 8세는 포효했다.

그 목덜미에――.

희미하게 떠올라 있던 성문이 극대의 빛을 발하면서 선명하게 드러났다.

"『오백(五百)의 풍신(風神)』. 충격이여, 모든 것을 다시 밀어내라!"

바람이 거꾸로 불었다.

대폭발의 불꽃과 열기와 파괴음. 뭉게뭉게 피어난 검은 연기. 그리고 거대한 홀을 산산조각 내는 충격파. 그 모든 것들이 정면에서 휘몰아치는 바람을 받아 뒤로 밀려났다.

"으윽……!"

불티가 흩날리는 이 홀에서 네뷸리스 8세는 살짝 입술을 일그러뜨렸다.

앞으로 내민 손바닥이 새빨갛게 물들어 있었다.

폭풍에 노출된 손가락의 피부가 불에 타서 피가 흐르고 있었다. 그러나 0.1초만 더 늦게 반응했더라면 아마 온몸이 이렇게 변했을 것이다.

"……성령이여. 용케 잘 방어해줬군요."

아슬아슬했다.

간발의 차이로 방패가 먼저 펼쳐졌다. 그리고 여왕의 뒤에 있었던 부하들도 결과적으로는 여왕의 성령술에 의해 보호받았다.

"다들 괜찮습니까?"

"저…… 저희는 괜찮습니다! 여왕님의 가호로 살았습니다…… 여왕님, 당장 손가락의 피를 지혈하셔야 합니다!"

"저도 괜찮아요. 피로 물들긴 했어도 표면만 다친 겁니다."

일어나는 부하 네 명.

그 뒤에서 바닥에 쓰러져 있던 일리티아도 천천히 몸을 일으켰다.

"…………."

"일리티아?"

"간발의 차이였네요. 여왕 폐하의 능력 덕분에 살았습니다."

그렇게 말하는 일리티아도 무사하긴 했지만, 아름다운 드레스가 군데군데 불에 그을었고 입가도 조금 찢어진 것 같았다.

"여왕 폐하! 일리티아 왕녀님! 무슨 일입니까?!"

여왕의 방 바깥에서——.

산산조각 난 문의 건너편에서 무장한 친위대가 달려 들어왔다. 그들은 이 홀의 무참한 모습을 보고 하나같이 할 말을 잃어버렸다.

부서져 떨어진 샹들리에의 파편.

융단은 흔적도 없이 타버렸고, 바닥 타일도 벗겨졌다. 이만한 파괴력을 가진 폭발이 단순한 자연발화일 리 없었다.

"십중팔구 누군가가 공격한 것이겠죠. 폭탄일까요? 문 밖에 수상한 자가 있었습니까? 제국 병사가 침입했을 가능성은 있나요?"

"그, 그건 아닙니다!"

"저희는 계속 이 문 밖에 있었습니다. 수상한 자는 없었다고 생각합니다만……."

긴장하여 대답하는 병사 두 명.

둘 다 오랫동안 루 가문을 모셔온 믿음직한 부하들이었다. 그 발언에는 신빙성이 있었다.

그러나.

——범인은 가까운 곳에 있었다.

여왕과 일리티아가 밖으로 나가려고 하는 그 순간에 정확히 문에서부터 폭발이 일어났다. 시한폭탄이나 원격조작일 가능성은 낮았다.

"여왕 폐하. 한 말씀 드려도 될까요."

일리티아가 소리 높여 말했다.

주위의 부하와 무장한 병사에게도 들릴 정도로 큰 목소리. 의도적인 것이리라.

"폭발이 일어난 순간, 저는 왠지 익숙한 목소리를 들었습니다."

"…………."

"여왕 폐하는 어떠셨습니까?"

"기이한 우연이군요. 일리티아. 저도 들었습니다."

잘 가라. 루 가문 사람들——.

선전포고처럼 들리는 대사. 그리고 제1왕녀가 말했듯이, 그 침착한 남자 목소리는 여왕이 잘 아는 사람의 음성이었다.

"조아 가문의 가면 경의 목소리 같았어요."

술렁.

부하들과 병사들이 눈을 휘둥그렇게 뜨면서 일제히 일리티아를 응시했다. 이어서 여왕을 쳐다봤다.

"소, 송구하오나, 여왕 폐하. 저도…… 그렇다고 생각했습니다."

"저도 그렇습니다!"

정책 비서관, 서기관이 머뭇머뭇 손을 들었다.

그들이 조심스러워하는 것도 당연했다.

3대 혈족이 직접 싸우는 것은 역사상 전례가 없는 일이었다. 적어도 역사의 표면적인 무대에서는 그랬다.

——조아 가문이 그 금기를 깼다고?

그것도 여왕을 암살하기 위해서?

"여러분, 잘 들으세요. 협의는 중지하겠습니다."

점점 더 모여드는 병사들.

불티가 날리는 여왕의 방을 보고 파랗게 질린 그들을 향해, 밀라베어 여왕이 일갈했다.

"여왕의 명령입니다. 지금부터 즉시 조아 가문을 환문하겠습니다. 가면 경과 당주 그로울리, 그 외 혈족과 시종들까지."

저벅…….

딱딱한 발소리가 울려 퍼졌다. 온갖 파편들이 흩어져 있는 복도에서.

"흐음? 이게 무슨——."

검은색 옷을 입은 훤칠한 남자.

현재 도마에 오른 바로 그 인물, 가면 경이 때마침 유유히 등장했다.

"여왕 폐하. 이게 대체 무슨 일입니까?"

이곳에 모여 있는 병사들과 가신들. 덤으로 뻥 뚫린 구멍으로 변해버린 문의 흔적을 둘러보더니, 이상하다는 듯이 입을 여는 가면 경.

"협의에 참가하러 왔더니, 이 무슨……."

"보시다시피 습격을 당했습니다. 여왕을 암살하려고 한 잔인한 자의 소행이겠지요."

"……뭐라고요?"

경악한 목소리. 도저히 연기하는 것처럼 보이진 않았다. 그러나 이 남자는 당대 최고의 배우. 오히려 이 자연스러운 반응이 수상했다.

"여왕 폐하, 범인은 누굽니까?"

"당신입니다."

여왕의 대답에——.

검은 옷을 입은 남자는 한동안 꼼짝도 않고 가만히 서 있었다.

"……제가 잘못 들은 걸까요? 여왕님. 이해가 안 가는데요."

"할 말이 있으면 심문회에서 하세요. 친위대 두 명에게 명합니다. 가면 경을 정중히 특별실로 안내해드리세요. 심문 후, 협의가 풀릴 때까지는 근신하십시오."

"!"

루 가문의 친위대가 그의 양팔을 붙잡았다.

그는 뒤로 돌아 연행되기 직전에 입을 열었다.

"……아하. 그래요. 이것 참, 재미있는 방법으로 뒤통수를 치는군요."

여왕은 대꾸하지 않았다.

자신은 방금 정말로 죽을 뻔했었다. 현시점에서 가장 유력한 용의자에게 자비를 베풀 마음은 없었다. 범인이 체포될 때까지는 그를 근신시키는 것이 합리적인 조치였다.

"조아 가문은 내가 직접 심문을——."

"잠깐 기다려주십시오. 여왕 폐하."

복도 쪽에서.

한데 모여 있던 가신들과 병사들이 좌우로 갈라졌다. 그렇게 생겨난 길을 따라 두 남녀가 천천히 이쪽으로 걸어왔다.

"오랜만에 하는 혈족 협의를 기대하고 있었는데 이렇게 큰일이 나버렸군요. 그런데 여왕님, 우선은 당신의 옥체부터 돌보셔야 합니다."

세 번째 혈족 히드라 가문.

——당주인 『파도』 탈리스만.

격조 높은 양복을 입은 그의 체격은 유난히 두드러져 보였다.

뚜렷한 이목구비와 잘생긴 얼굴. 어두운 은빛 머리카락을 깨끗이 정돈한 외모. 이제 나이가 마흔이 되어 절정기에 다다른 남성미를 발하고 있었다.

그가 손가락을 딱 튕겼다. 그러자 뒤에서 의료 부대가 달려왔다.

"여왕님의 손가락에 혹시라도 문제가 생기면 곤란하다. 당장 치료해드려라."

"탈리스만 경, 그럼 조아 가문은 어떻게 하고요?"

"이 중대한 일은 제가 맡도록 하겠습니다. 제가 직접 조아 가문을 심문하고, 루 가문의 기록자가 동석하면 되지 않을까요?"

"당신이 하시겠다고요? ……네, 그건 고마운 제안이군요."

히드라 가문은 3대 혈족 중 중립이다.

루 가문이 심문하기보다는 차라리 히드라 가문이 나선다면, 조아 가문과의 대화가 원만하게 진행될 가능성이 높을 것이다.

"범인을 찾는 일도 병행해서 진행합시다. 비소와즈, 너에게 맡기마."

"네. 여왕 폐하, 저에게 맡겨주십시오."

탈리스만의 등 뒤에서 불타오르는 듯한 빨간 머리카락을 지닌 소녀가 앞으로 나섰다. 이 사람도 오늘 밤 혈족 협의에 참가하는 멤버 중 하나였다.

──히드라 가문의 이단 심문관 비소와즈.

오른쪽 귀에는 피어싱, 왼쪽 귀에는 커다란 링 귀걸이를 단 소녀. 여왕 앞에서도 마치 쏘아보는 듯한 그 눈빛이 신경 쓰였지만, 원래 눈빛이 그렇다는 이야기는 이미 들었다.

그런데.

……오랜만에 얼굴을 봤더니.

……**비소와즈의 인상이 많이 달라진 느낌이 드는걸?**

정확히 뭐가 다른지는 여왕도 몰랐다. 확증은 없었다.

단, 기억 속에 남아 있는 이 소녀는 예전에는 좀 더 소극적이고 어두운 느낌이었다. 그런데 이제는 상당히 당당해 보였다.

뭔가 자신감이 생길 만한 일이라도 있었던 걸까.

"저도 탈리스만 경의 제안에 찬성합니다."

"……일리티아?"

"이건 여왕 폐하를 노린 계획입니다. 황청 역사상 마인 섈린저의 습격과도 비견할 만한 중죄입니다. 고로 왕가의 힘을 총동원해서 해결해야 합니다."

온몸에 작은 찰과상이 생겼는데도, 부하들에게 그렇게 말하는 일리티아 왕녀의 미소는 흔들림이 없었다.

"그렇죠? 여왕 폐하."

"……알겠습니다. 탈리스만 경, 비소와즈, 여러분의 힘을 빌려주세요. 히드라 가문과 루 가문의 힘을 합쳐 이 사건을 해결합시다."

당장 준비를 시작하죠.

가볍게 인사하고 서둘러 떠나가는 히드라 가문의 두 사람. 이어서 일리티아도 의료 부대에게 둘러싸여 그곳을 떠났다.

그 자리에 끝까지 남은 시조의 후예는 여왕 네뷸리스 8세였다.

"……뜻밖에도 시스벨의 능력이 필요한 상황이 되었군요."

아무에게도 들리지 않는 독백.

여왕은 자기 자신에게 말하는 것처럼 중얼거렸다.

"앨리스, 서두르세요. 시스벨을 어서 데려오세요. 그 아이라면 지금 이 범행도, 그리고 진짜 적(범인)도 알아낼 수 있을 겁니다. 그러나 적도 그 사실을 눈치챌 테죠."

이 사건의 주모자가 제국군이 아니라 황청 내부의 인간이라면.

다음 타깃은――.

"앨리스. 당신을 믿을게요."

2

단일 요새 영역「천제국」――.

통칭「제국」이라 불리는 군사 국가. 제도 융메룽겐에 있는 제국 의회가 현실적으로는 이 나라의 최고 의사 결정 기관이라고 알려져 있었다.

원칙적인 최고 권력자는 천제 융메룽겐.

그러나 천제는 천수부(天守府)에 틀어박힌 채 좀처럼 스스로 의사 결정을 하지 않았다.

그렇기 때문에.

제국의 최고 권력자가 누구냐고 묻는다면 대부분의 사람들은 이렇게 대답할 것이다. 그것은 의회의 최고 간부인「팔대사도」라고.

『멋진 공적이다. 리샤. 역시 자네는 훌륭한 인재야.』

넓은 회장.

그 중심의 단상 위에 서 있는 여군 리샤는 대답 대신 한숨을 내쉬었다.

"……휴."

『흐음? 왜, 불만인가?』

"그야 뭐, 그렇죠. 이렇게 한밤중에 억지로 일어나서 제도 지하 5,000미터의 우울한 공간으로 불려온 저의 입장을 한번 생각해보시라고요."

리샤 인 엠파이어.

영리해 보이는 단정한 외모. 지적인 검은 테 안경이 잘 어울리는 늘씬한 여성.

나이는 미스미스와 동갑인 스물두 살. 그러나 미스미스는 대장인 데 비해 리샤는 제국 역사상 보기 드문 속도로 사도성 자리까지 단숨에 올라간 재녀(才女)였다.

아니, 재녀라기보다는 순수하게 「만능 천재」라고 부르면서 찬양해야 할지도 모른다.

"미리 말씀드리는데 보너스는 필요 없어요. 휴가를 주세요."

『그건 천제 각하께 직소해봐.』

『사도성인 자네는 각하를 모시고 있으니까. 우리가 관리할 대상이 아니야.』

팔대사도.

제국 의회를 총괄하는 여덟 명. 그러나 그들 자체의 모습은 보이지 않았다. 어렴풋한 얼굴 윤곽만 벽의 모니터에 나타나 있었다.

"아, 네. 그렇게 말씀하실 줄 알았어요. 그래서 용건은 뭡니까?"

『지난번 특무(特務) 말인데.』

『단일 집적 지능체「오멘」의 연구――제국 병사에게 강력한 성령 에너지를 조사(照射)해서 인공 성문을 만드는 것. 그 실험은 성공했다고 볼 수 있겠지.』

『황청의 국경 검문소를 돌파했다. 이건 대단한 성과야.』

박수 소리가 울려 퍼졌다.

마치 영화의 한 장면을 잘라내서 편집한 것처럼 어색한 박수 소리였다.

"네, 칭찬 감사합니다. 영광이에요."

여자 사도성도 가볍게 대답했다.

"사실 그건 실행 부대가 노력해서 쌓은 공적이지요. 역시 사도성 제8위 네임리스는 굉장해요. 탁월한 인선이었습니다."

특무「여왕 포획 작전」.

열두 개 부대가 국경 검문소에 도전했고, 그중 열 개가 국경을 넘는 데 성공했다.

중앙주를 포함한 네뷸리스 황청의 구조가 점점 밝혀지고 있었다. 이는 100년에 걸친 전쟁의 역사상 유례없는 쾌거였다.

"……뭐, 꽤 위험한 고비도 겪었지만요."

돌발 사고도 있었다.

리샤가 은근히 최대 전력으로 점찍어뒀던 흑강의 후계자 이스카가 작전 수행 직전에 기막히게도 빙화의 마녀에게 납치돼버린 것이다.

"너희들(제907부대)은 네뷸리스 황청 국경을 돌파한 다음에는 제13주에 잠복해서 이스캇치를 찾아줘."

제907부대는 이스카를 보호하여 귀환하는 데 성공했다.

지금은 제국에서 멀리 떨어진 사막의 독립국가 알사미라에서 휴가를 즐기고 있다는데, 그건 리샤도 굳이 조사해볼 마음은 없었다.

『리샤, 자네도 보고는 받았지?』

팔대사도의 목소리에 힘이 실렸다.

『황청 침입에 성공한 부대는 열 개. 그중 한 부대가 중앙주에 도착했다.』

마녀의 낙원의 중심지.

네뷸리스 왕궁――시조의 후예가 모여 사는 『별의 요새』가 그곳에 있었다.

"왕궁 안까지 들어갔나요?"

『그건 아니야. 단, 왕궁 외관과 공중정원 등을 촬영하는 데에는 성공했다. 우리 제국군이 붙잡은 포로에게서 얻은 정보와도 일치해.』

『뭐, 그건 그렇고. 지금부터 본론으로 들어가겠다.』

팔대사도의 음성에 차가운 감정이 깃들었다.

『우리가 황청 침입을 계획하는 사이에 그 네뷸리스 왕궁 내부에서도 재미있는 일이 일어났다.』
“네? 그건 처음 듣는 이야기군요.”
『「여왕 암살 계획」. 격식 있는 단어로 표현한다면 「쿠데타」다.』
“…………”
여자 사도성이 입을 다물었다.
연한 립스틱을 바른 입술을 꾹 다문 심각한 표정. 이 여군이 평소에는 보여주지 않았던 표정이다.
그만큼 중대한 의미가 있었다. 팔대사도가 제공해준 정보는.
“네뷸리스 8세가 내전에 휘말렸다고요? 일단 확인차 여쭤보겠습니다. 제국군이 공격한 것은 아니지요?”
『마녀의 고독(蠱毒. 독충과 독사가 서로 물어뜯고 싸우는 것)이야.』
『시조의 후예들 중에서는 현재 여왕의 체제에 불만을 가진 녀석도 있어. 뭐, 이번 작전은 실패로 끝난 모양이지만.』
네뷸리스의 3대 혈족――.
그것이 결코 굳게 단결된 조직이 아니란 것은 리샤도 당연히 알고 있었다. 그러나 뭔가 석연찮은 점도 있었다.
“불만? 고작 불만 가지고 그런 무지막지한 짓을 저질렀다고요?”
안경 안쪽에서.
날카롭게 노려보는 듯한 눈빛을 발사하면서. 리샤는 벽에 걸린 모니터를 쳐다봤다.
“이제 슬슬 가르쳐주세요. 네뷸리스의 3대 혈족 중에서 제국에 가담한 인간이 있는 거겠죠. 그게 도대체 누굽니까?"

『흐음?』

『아, 그래. 자네의 공적을 높이 사서 하나만 가르쳐주지. 우리와 직접 연락하는 자가 있는 것은 사실이다. 그자는——.』

"순혈종『E 피험자』."

리샤는 눈꼬리만 살짝 움직였다.

피험자라는 일종의 접미사에는 관심 없었다. 팔대사도가 일부러 그렇게 부르는 것을 보면 어차피 제국 사령부에는 알려줄 마음도 없는 것이리라.

주목할 것은「순혈종」.

대신이나 시종이 아니다. 네뷸리스 혈족이 제국과 직접 손잡았다는 뜻이다.

그런데 그게 누굴까?

『지금 황청은 난리가 났다더군.』

"그야 뭐, 그렇겠죠. 여왕 암살이라니. 미수에 그쳤어도 난리가 나는 게 당연하잖아요?"

『고로 우리는 차분하게「속행」을 하면 돼. 절호의 기회다.』

위이잉.

리샤 뒤의 벽에서 소리가 났다. 지상과 연결된 거대한 엘리베이터가 이쪽으로 내려오는 소리였다. 이 회장에 누군가가 오는 걸까?

이윽고 엘리베이터가 멈췄다. 요란한 소리와 더불어 문이 열렸다.

『시간 맞춰서 잘 왔군.』

『어서 오시게, 사도성 제군. 이렇게 많은 인원이 모인 건 처음이지?』

다섯 남녀.

그 쟁쟁한 인물들을 보고 리샤는 웃음을 금치 못했다.

"어머나? 여러분. 다 오셨네요?"

천제 직속.

최고위 전투원들——.

제11위, 『부재(不在)』 기계 기술자 가르강리.

제10위, 『오멘』 서(Sir) 칼로소스 뉴턴 연구실장.

제8위, 『보이지 않는 신의 손』 네임리스.

제4위, 기구 사령부 마그나카사 국장.

제3위, 『쏟아지는 폭풍우』 메이.

그런데.

옆 엘리베이터에서 등장한 마지막 한 사람을 본 순간, 리샤의 희미한 쓴웃음은 싹 사라져버렸다.

"……이건 문제가 있는 거 아냐? 제1위 씨?"

두꺼운 코트를 걸친 키 큰 남성.

어깨에 가느다란 장검을 멘 검사. 천제의 참모인 여군은 노골적으로 질책하는 눈빛으로 그를 바라봤다.

——제1위, 『순(瞬)』의 기사 요하임.

원칙적으로는 천수부에 있어야 할 남자였다.

"직속 중의 직속. 그 중책을 맡은 인간이 이런 곳에 있어도 되는 거야? 경호 임무는 팽개쳐도 되는 걸까?"

『그만하게. 리샤. 우리가 천제 각하께 부탁해서 특별히 그를 이곳으로 부른 거니까.』

『각하께 보고를 드리기 위해서야.』

『우리가 각하께 말씀드리는 것보다는, 그를 통해 전달하는 편이 더 확실하고 좋잖아?』

열 명의 사도성 중 과반수.

그것도 제3위 이상을 두 명이나 불러 모아서 무슨 이야기를 하려는 걸까.

『특무를 속행한다.』

『네뷸리스 황청의 내전을 이용해보자고.』

『중앙주로 들어가는 경로는 이미 파악됐어. 왕궁에 들어가서 우리는 특무「여왕 포획 계획」을 완성시킬 거다.』

황청 안에서는 암살 계획.

황청 밖에서는 포획 계획.

이중 계략이 여왕 네뷸리스 8세를 옭아맨다. 그런 계책이었다.

『네뷸리스 황청은 와해될 것이다. 이 기회를 놓칠 이유는 없어. 그래서 사도성 제군에게도 참전을 요청하는 바이다.』

『우리 제국의 최상위 전투원의 능력을 마음껏 발휘해주길 바라네.』

Chapter.4
『악성변이』

the War ends the world /
/ raises the world

1

네뷸리스 황청 제8주 리스바텐.

도시 위로 해가 떠올랐다. 찬바람이 부는 새벽임에도 불구하고, 아름다운 돌로 된 보도는 학생들과 회사원들로 북적거렸다.

……그래야 했다.

실제로는 마치 겁먹은 것처럼 조용히 숨죽이고 있는 번화가.

자동차는 한 대도 지나다니지 않았다. 보도를 걷는 행인도 드물었다.

그 대신 경비대가 보도를 순찰하고 있었다. 왼손에는 성령 대항용 방패를 들고서 통신기로 서로 연락을 취하고 있었다.

"엄계 태세인가 보군. 저건 제국 사람인 우리가 봐도 알겠어."

창문을 가린 커튼 틈새로——.

호텔 9층에서 지상을 살펴보는 진.

"이렇게 황청 한구석에 있는 주에서도 경비대가 순찰을 돌다니. 그 뉴스가 거의 틀림없는 사실인가 보군."

"……말도 안 돼요!"

소녀의 외침 소리가 울려 퍼졌다.

시스벨은 거실 한가운데에 못 박힌 듯이 서 있었다.

"이, 이 흉악한 사건은 도대체 뭐죠?!"

오른손에 들려 있는 정보지.

그것을 쳐다보는 이스카와 미스미스 대장의 손에도 똑같은 잡지가 들려 있었다.

"『어젯밤. 왕궁에서 쿠데타 발생?! 여왕과 제1왕녀를 노린 암살 계획…… 부상자 다수』. 이건 절대로 용납할 수 없는 만행이에요!"

가련한 소녀의 얼굴에서 핏기가 사라졌다.

딴 사람도 아닌 자기 어머니와 언니가 죽을 뻔했던 것이다. 충격을 받는 게 당연했다.

다만——.

이스카 일행은 사정상 이 돌발적인 쿠데타에 관해서는 아무 말도 할 수 없었다.

……제국 부대의 입장에서는 여왕은 적국의 우두머리니까.

……내전이 발발하더라도 그건 제국으로선 기뻐할 만한 일이었다.

시스벨의 슬픔은 이해한다.

가련한 소녀가 슬퍼하는 모습을 보니 안타깝긴 했지만, 그렇다고 동정할 수는 없었다. 시스벨 이외의 「마녀」에게는 무슨 일이 생기든 관여하지 않기로 했으니까.

미스미스 대장도 네네도 그걸 알기 때문에 우울한 얼굴로 입을 다물고 있었다.

"그래서 너는 어쩔 건데?"

은발 저격수가 의자 등받이에 기대면서 질문했다.

"쿠데타를 일으킨 범인은 밝혀지지 않았다. 정보지 기사에는 그렇게 적혀 있어. 고로 현재 왕궁은 가장 위험한 지역이야. 언제 두 번째 쿠데타가 일어날지 몰라. 그런데도 왕궁에 가고 싶어?"

"…………."

"쿠데타를 일으킨 범인이 잡힌 다음에 왕궁에 가는 건 어때?"

"그것도 하나의 방법이겠죠. 하지만 아마 쿠데타를 일으킨 범인은 잡히지 않을 거예요. 체포될 때까지 기다렸다가는 호위 기간인 30일이 다 지나가버릴 겁니다."

시스벨이 힘없이 고개를 살래살래 흔들었다.

"전에도 말씀드렸잖아요. 네뷸리스 황청은 원래부터 굳게 단결된 조직이 아니었어요. 그 갈등이 현재 여왕의 정권에서 한꺼번에 울분이 되어 폭발한 겁니다."

"……범인은 왕가의 관계자인가."

진이 보란 듯이 한숨을 내쉬었다.

그리고 여전히 우두커니 서 있는 마녀를 향해 질문을 던졌다.

"이 사건도 가면 경이 일으켰을까?"

"모르겠습니다. 다만 저의 직감으로는, 그는 범인이 아닐 거예요."

"그 이유는?"

"그는 책략가입니다. 누가 봐도 쿠데타 같은 노골적인 쿠데타를 일으킬 사람이 아니에요. 그가 진심으로 여왕님을 노린다면, 좀 더 우연한 사고처럼 위장할 겁니다. ……아, 아니. 그럴 가능성도 없겠네요. **제가 있으니까요.**"

"뭐?"

"제가 왕궁으로 돌아가면 범인을 찾아낼 수 있습니다. 가면 경도 그걸 알아요. 그러니까 그가 이런 수단을 선택할 리 없다고 생각합니다."

"……네가 찾아낼 수 있다고?"

의심하는 듯한 진의 눈초리.

"그것이 너의 성령술인가?"

"네. 물론 모든 것을 말씀드릴 수는 없지만요. 탐정 흉내를 내는 것은 가능합니다."

순혈종 시스벨의 성령은 과거를 보는 것.

왕궁의 폭발 현장 근처까지 다가간다면, 누가 그 폭발을 일으켰는지 영상으로 재현해낼 수 있을 것이다. 고로 범인은 도망치지 못한다.

그런데——.

이스카는 깜짝 놀랐다. 시스벨이 스스로 자기 성령의 능력을 밝혔기 때문이다.

……진, 미스미스 대장님, 네네에게도 자기 능력을 가르쳐줄 셈인가?!

……시스벨, 대체 왜 그러는 거야? 아니, 잠깐만.

짚이는 바가 있었다. 시스벨이 자기 성령을 가르쳐준 이유.

"칫, 그렇군."

진이 혀를 찼다.

"쿠데타는 실패했다. 그리고 네가 왕궁으로 돌아가면 범인을 찾아낼 수 있다. 그렇다면……. 범인은 이제 진짜 목표물이 아닌 탐정부터 제거하려고 하겠군."

"!"

네네와 미스미스 대장이 거의 동시에 놀라서 숨을 멈췄다. 그들도 이제야 겨우 눈치챘나 보다. 시스벨이 일부러 자기 성령의 능력을 가르쳐준 이유를.

"네, 맞아요. 적들이 저를 공격할 이유가 또 하나 늘었습니다."

여왕 암살을 기도한 누군가가 입막음을 하려고 시스벨을 노릴 가능성——.

"그런데 넌 놀랍도록 침착하군."

"여러분을 믿으니까요. 중앙주에 도착할 때까지 잘 지켜주실 거죠?"

생긋 웃는 시스벨.

그 미소 아래에서 시스벨의 어깨가 파르르 떨리고 있었다.

아무리 강한 척해도, 어린 소녀가 감당하기에는 너무 괴로운 일이었다. 어머니가 암살될 뻔했고, 이번에는 또 자신이 위험해질지도 모른다는 공포——.

"우리는 이제 어떻게 하면 돼?"

"방침은 변함없습니다. 슈바르츠가 왕궁의 상황을 확인하고 저에게 보고할 겁니다. 그때까지는 꾹 참고 기다려야 해요."

지금은 대기해야 한다.

숨죽이고 이 호텔에 숨어 있기로 했다.

같은 시각——.

앨리스는 주요역으로 이어지는 보도를 성큼성큼 걸어가고 있었다.

"……말도 안 돼. 왕궁에서 쿠데타가 발생하다니!"

어제는 변장을 했었지만 이제는 포기했다.

자신의 자랑거리인 금빛 머리카락을 길게 늘어뜨리고 고급스런 원피스를 입었다. 오른쪽 팔목에는 루 가문을 상징하는 백합 문장이 새겨진 액세서리를 차고 있었다.

자기 신분을 드러냄으로써 귀찮은 절차를 생략하기로 한 것이다.

귀찮은 절차가 무엇인가. 바로 본인 확인이었다.

"당신은…… 앨리스리제 님?!"

이 아름다운 제2왕녀를 본 순간, 보도를 감시하던 경비대가 성령 대항용 방패를 들어 올리면서 일제히 경례를 했다.

"지나가겠습니다. 주요역은 봉쇄되지 않았죠?"

"네. 열차 운행 편수는 줄어들었지만, 중앙주까지 가는 급행은 아직 다닙니다!"

“네. 고마워요.”

금빛 머리카락을 화려하게 휘날리면서 경비대를 뚫고 지나갔다.

“린, 빨리 와.”

“애, 앨리스 님, 기다리세요! ……서둘러 역으로 가봤자 열차 시각은 변하지 않아요.”

“이 상황에서 어떻게 서두르지 않을 수 있어?”

“심정은 이해합니다만 여왕님은 일류 성령술사이십니다. 쿠데타가 한번 실패한 이상, 범인도 시간을 두고『다음 기회』를 노릴 겁니다.”

바쁘게 쫓아오는 린. 커다란 캐리어 두 개를 양손으로 붙잡고 있었다. 자신과 주인님의 캐리어. 오늘 아침 그 소식을 듣고 부리나케 짐을 꾸린 것이다.

“린, 내 선택이 잘못되진 않았겠지?”

“지금 당장 귀환하신다는 것은 올바른 판단이라고 생각합니다. 앨리스 님께서 왕궁에 계신다면, 지금과는 차원이 다른 압력을 적에게 가할 수 있으니까요.”

시스벨에 대해서는「모르는 척」한다.

그 방침은 바꾸지 않을 것이다.

내전이나 쿠데타와는 상관없이,「시스벨이 제국 부대를 호위병으로 고용한 사실을 언니인 앨리스가 알고 있었다」는 것을 남에게 들키지 않기 위해서였다.

그러면 동생과 제국 부대의 유착이 표면화되더라도 여왕의 지위는 보전될 것이다.

"얄궂은 이야기입니다만, 시스벨 님은 아마 안전하실 겁니다."

"……그래, 이스카에게 맡겨야지. 그 아이가 이스카를 고용했다는 것은 무척 마음에 안 들지만, 지금은 투덜거릴 여유가 없어."

이스카는 내 것이지, 내 동생의 것이 아니다.

물론 두 사람이 함께 있는 것은 지금도 영 꺼림칙했다. 그러나 앨리스의 마음은 어제에 비하면 상당히 평온해졌다.

……단둘이 실컷 이야기했기 때문일까?

……이스카의 팔을 붙잡고 있을 때에는 조금 부끄러웠지만.

동생에게 뒤지지 않을 만큼 가까운 거리에서.

동생에게 뒤지지 않을 만큼 자신의 존재를 똑똑히 재확인시키는 데 성공한 것 같았다.

……부끄러웠지만, 이건 그 아이가 먼저 했으니까. 어쩔 수 없었어!

……그나저나 이스카의 팔뚝은 튼튼했었지.

어제의 그 감촉이 아직도 양손과 가슴에 남아 있었다.

가늘지만 탄탄한 근육이 붙어 있는 팔뚝이었다. 그건 린도 마찬가지인데, 린보다 골격이 좋기 때문에 기대었을 때 남다른 안심감이 느껴졌다.

은근히 따뜻해서——.

두근, 두근, 내 몸도 점점 뜨거워졌고——.

온몸이 녹아내릴 정도로 기분이 좋아져서, 그대로 쭉 붙어 있고 싶었——.

"앨리스 님."

"아, 아니야! 그, 그건, 시스벨이 먼저 그렇게 나쁜 짓……을……?"

"네? 나쁜 짓이요?"

린이 진지한 얼굴로 고개를 갸웃거렸다.

게다가 앨리스가 큰 소리를 내는 바람에, 뒤에 있는 경비대원들도 묘한 얼굴로 이쪽을 쳐다보고 있었다.

"동생 분의 이름을 말씀하실 때에는 소리를 줄여주세요."

"나, 나도 알아. 아무튼 곧 주요역에 도착할 테니까——."

십자형 교차로. 점멸하는 신호기 앞에서 앨리스가 멈춰 섰다. 그런데 그때 손에 꼭 쥐고 있던 통신기가 울리기 시작했다.

연락?

이 지구에 있는 여왕의 첩보 부대의 연락인가? 그렇게 생각하면서 통신기를 귀에 댔다.

『앨리스. 무사한가요?』

"————————————어마마마?!"

이런 적은 한 번도 없었다.

아무리 어머니여도, 일국의 여왕이 이런 개인 통신이라는 수단으로 연락해올 줄이야.

……이건 평범한 통신 단말기잖아.

……도청당할 가능성도 있었다. 고로 여왕은 원칙적으로 이런 물건은 사용하지 않았다.

그걸 알면서도 연락하다니.
여왕님의 진의는 도대체 뭘까?
"어, 어마마마. 무사하신가요?"
앨리스는 보도 가장자리로 이동했다.
골목길에 숨어서, 린에게 주위를 감시하라고 명령했다.
"이미 연락은 받았습니다. 여왕의 방에 폭탄이 설치되어 있어서, 어마마마와 일리티아 언니가 동시에 큰 사고를 당할 뻔했다면서요."
『폭탄이 아니라 성령술이었습니다. 화약의 흔적은 발견되지 않았어요.』
"…………그랬군요."
성령술의 불꽃은 금방 사라진다.
폭탄이 터졌을 경우에는 타고 남은 부품이 단서가 될 테지만, 성령술의 경우에는 증거가 남지 않는다. 보통은 여기서 수사가 강제 종료된다.
『차라리 잘됐습니다.』
여왕은 흔들림 없는 목소리로 말했다.
겨우 열 시간 전에 암살될 뻔했던 사람 같지 않았다.
『만약 폭탄이었다면 원격 조작도 가능했을 테지만, 성령술의 사정거리는 한계가 있으니까요. 그 순간 범인은 여왕의 방 근처에 있었을 겁니다. 시스벨의 능력으로 확실히 정체를 알아낼 수 있어요. 어쩌면 이건 절호의 기회일지도 모릅니다.』
"썩은 고름을 다 짜내시겠다는 뜻인가요?"

『내부를 정화하려면 아픔을 감수할 수밖에 없어요. 현재 가장 유력한 후보는 조아 가문의 가면 경이지만, **그 외의 가능성**도 염두에 둬야 합니다.』

"……그 외의 가능성이요?"

『온갖 사태를 다 상정해야 한다는 뜻입니다. 그리고 시스벨의 능력은 왕가에 잘 알려져 있습니다. 어젯밤 습격이 실패했으니, 범인이 목표물을 바꿀 수도 있어요. 그것을 위험시해야 합니다.』

쿠데타의 대상이 시스벨이 될지도 모른다.

그것은 앨리스도 상정해본 사태였다.

『앨리스, 동생은 아직 찾아내지 못했나요?』

"!"

어머니의 질문.

딸인 앨리스는 망설였다. 그러나 여기서 솔직히 대답하면 루 가문 전체가 위험해진다.

"…………네, 아직 못 찾았습니다……."

『그럼 빨리 찾아내세요. 저는 자기 방어 수단을 가지고 있지만, 그 아이의 성령으로는 자객과 정면으로 싸우지 못할 겁니다.』

"……네."

아니다. 앨리스 말고는 아무도 모르지만.

제3왕녀 시스벨의 상황은 여왕님의 예상을 뛰어넘을 정도로 급변하고 있었다.

……그 아이는 자신을 지키기 위해 제국 부대를 고용했어요.

……이 사실을 어마마마께 알려드릴 수는 없었다. 여왕의 지위가 위험해질 테니까.

시스벨을 지키는 호위병은 전직 사도성 이스카.

누가 시스벨을 습격하더라도 이스카는 지지 않는다. 그래서 앨리스는 동생의 행동을 철저히 모르는 척할 수 있는 것이다.

"그럼 이만 실례하겠습니다. 어마마마. 부디 조심하세요."

『그 아이를 잘 부탁합니다.』

통신이 종료됐다.

그와 동시에 앨리스는 한숨을 푹 내쉬고 하늘을 우러러봤다.

"슬프구나. 어마마마께 거짓말한 것은 처음이야."

"아뇨, 자주 하셨는데요? 아침 독서회에 가기 싫을 때라든가…… 그런 때 자주 두통이 나서 꼼짝도 못 한다고 핑계를 대셨잖아요."

"……린."

"……실언했습니다."

"아냐, 됐어. 이리 와. 네 도움이 필요해."

김빠지게 만드는 시종을 어두운 골목길 안쪽으로 손짓해서 불렀다.

"너도 들었지? 어마마마께서 『동생을 찾으라』고 다시 한번 명령하신 이상, 중앙주로는 돌아갈 수 없어."

그래서 앨리스는 또다시 예정을 변경할 수밖에 없었다.

"동생은 아직 호텔에 머물고 있어. 린, 너는 당장 그쪽으로 돌아가."

"……미행하란 말씀이십니까?"

"네가 내 동생을 지켜봐줘. 물론 절대로 들키면 안 돼."

시스벨을 찾아내서 보호한다.

시스벨의 행동을 철저하게 못 본 척한다.

이 상반되는 두 가지 목표를 달성하기 위한 절충안이었다. 요컨대 **시스벨을 보호하는 일에 앨리스가 관여하지만 않으면 된다**.

……린은 원래 나의 호위병이다.

……황청 연성루(錬成樓)에서 은밀 행동 요령과 암살 기술도 다 배웠다.

어차피 앨리스에게는 불가능한 일이었다.

미행 대상에게 들키지 않고 상대를 지켜주는 것은 일반인이 결코 흉내 낼 수 없는 전문 기능 중 하나다.

"따로 행동하자. 캐리어는 내가 맡아둘게. 나는 주요역에서 대기할 테니까, 무슨 일이 있으면 즉시 연락해줘."

"알겠습니다. 앨리스 님——."

빈손이 된 시종이 진지한 눈빛으로 말했다.

"적이 여왕님과 시스벨 님을 노린다면, 언젠가는 앨리스 님도 표적이 될지도 모릅니다. 모쪼록 주의해주세요."

그리고 빙글 돌아섰다.

바람을 가르며 성큼성큼 걸어가는 린. 앨리스도 그 뒷모습을 지켜보고 나서 걸음을 뗐다.

"……맞아. 샐린저 이후 처음인가? 누가 여왕을 노린 것은."

사상 두 번째 대죄(大罪).

이것이 마인 샐린저의 경우와 같다면——.

이번 사건의 주모자도 그만한 능력과 야심을 가진 실력자인 걸까?

"하지만 샐린저와 동격인 인물……은 왕가에서도 찾아보기 힘들어. 그럼 도대체 누가 어마마마를 노린 걸까?"

2

밤바람이 거칠게 불었다.

고층 빌딩이 거무스름하게 변해가는 시각. 여왕 암살 쿠데타가 발생한 지 하루가 지나가고 있었는데, 아직 주모자에 관한 새로운 정보는 전혀 없었다.

이 와중에.

"여러분, 낭보입니다. 슈바르츠가 중앙주에 도착했어요!"

호텔 객실에서 시스벨이 웬일로 기분 좋게 이야기를 했다.

"내일은 여왕님을 알현할 수 있을 겁니다. 여왕님의 도움을 받으면 제가 중앙주로 돌아가기 위한 안전한 경로도 마련될 겁니다!"

"그래, 『겁니다』라는 추측성 표현이 많은 게 문제지만."

"……이봐요. 당신은 정말 심술궂은 사람이네요."

시스벨이 진을 째려봤다.

은발 저격수는 당연히 그 시선을 눈치챘을 테지만, 시스벨과는 아무 상관도 없는 천장을 우러러보면서 중얼거렸다.

"벌써부터 흥분하지 말라는 거다. 계속 상정하고 또 상정해라. 그 희망적인 관측대로 일이 잘 풀리지 않았을 때에는 어떻게 행동할지 생각해둬."

"……네, 네. 저도 알아요."

시스벨이 불쾌한 표정으로 소파에 앉았다.

어른 네 명이 편안하게 앉을 수 있는 소파. 그러나 예상대로(?) 시스벨은 소파 구석에 있는 이스카에게 딱 붙어 앉았다.

……어제까지의 나라면 "왜 내 옆에 앉는 거야?" 하고 물어봤을 테지만.

……오늘은 어쩔 수 없었다. 거절하지 못했다.

그냥 옆에 앉아 있어도 시스벨의 긴장감이 확실하게 전해졌으므로.

여왕 암살 미수는 그만큼 중대한 사건이었다.

"저기, 있지. 오늘은 어쩔래? 어제는 호텔 주변을 살펴봤잖아?"

융단 위에 앉아 있던 네네가 갑자기 벌떡 일어났다.

"호텔 객실에서는 외부 상황을 알 수가 없잖아? 이제는 밖이 어두워졌으니까 얼굴이 잘 보이지도 않을 거야. 나가볼래?"

"……오늘은 관둘래요. 길거리에서 경비대가 삼엄하게 경비를 하고 있으니까요."

시스벨이 탄식하면서 대답했다.

유리벽 너머로 내려다보이는 시내에서는 군데군데 불빛이 빛나고 있었다.

"외부 상황은 궁금하지만요. 참고 기다려봅시다. 슈바르츠가 여왕님과 접촉하는 데 성공할 때까지만 참으면——.”

그 말이 끊겼다.

쾅!

엄청난 폭음이 울려 퍼졌다. 그 소리가 벽을 타고 호텔 객실까지 메아리쳤다.

강화 유리벽에 금이 가진 않았지만, 거실에 있는 테이블과 의자가 부르르 떨릴 정도로 강한 충격파였다.

“꺅?! ……무, 무슨 일이죠?!”

일어났던 시스벨이 그대로 융단 위에 엉덩방아를 찧었다.

호텔에서 100미터도 떨어지지 않은 교차로——밤의 어둠 속에서 피어난 불꽃은 누구나 상상할 수 있는 빨간색이 아니었다.

환상적인 보라색.

선명한 보랏빛 불이 밤하늘을 배경으로 아름다운 꽃을 피워냈다.

“성령술……?”

“폭탄이 아니야. 대장님, 저거 성령의 불꽃이야!”

미스미스와 네네의 목소리가 겹쳐졌다.

저 불티에 섞여서 퍼져나가는 섬광이 성령 에너지의 빛처럼 보였다.

……폭발. 그리고 성령술의 조합.

……어젯밤에 일어난 쿠데타와 완전히 똑같은 특징이잖아?!

공포에 질린 시스벨의 입술이 푸르스름하게 변했다.

역시 여왕을 공격한 놈이 리스바텐으로 온 건가?

"경비대가 저쪽으로 달려가고 있어. 이 어둠 속에서 경비대가 범인을 발견했고, 그래서 범인이 난동을 부린 건가?"

"그, 그럼 추적해야 해요!"

시스벨은 후들후들 떨리는 무릎을 억지로 채찍질해서 벌떡 일어났다.

"제 성령의 능력은 아까 설명했죠? 설령 범인이 도망쳤어도 추적이 가능합니다. 그놈이 있는 곳을 찾아내서 뒷일은 경비대에게 맡기면, 우리도 안전해질 거예요."

"지, 지금 간다고……?!"

미스미스 대장이 조그만 양손으로 테이저건을 붙잡았다.

"시스벨, 그래도 싸움은 금물이야."

출입문으로 달려가는 마녀. 이스카가 당장 쫓아가서 그 뒷모습을 향해 말을 걸었다.

"범인의 인상착의와 그놈이 있는 장소만 확인하면 돼. 우리가 싸울 필요는 없어."

"네, 알아요. 그 장소를 알아내서 경비대에게 알려주면 되죠? 그렇게 합시다."

호텔 통로로 나갔다.

그들처럼 폭발을 눈치챈 투숙객들이 복도에 나와 있어서 엘리베이터는 무척 혼잡했다.

"윽, 구경하러 나온 사람들이 너무 많네요…… 계단으로 갑시다!"

비상계단을 뛰어 내려가는 왕녀.

9층에서 1층 로비까지 내려왔을 때에는 이미 숨을 거칠게 몰아 쉬고 있었다.

"괜찮아?"

"아, 네…… 아무튼 잘됐네요. 이 로비를 보세요. 방금 그 폭발 때문에 투숙객들이 내려와 있어요. 이 사람들 속에 숨어서 이동합시다."

가로등 불빛이 비치는 밖으로 나갔다.

경비대는 눈에 띄지 않았다. 모두들 저쪽 폭발 현장으로 달려갔나 보다.

"이스카 오빠, 저쪽에 아직 성령 에너지의 빛이 남아 있어."

네네가 밤하늘을 가리킨 순간.

또다시――.

밤의 어둠을 찢는 맹렬한 폭음이 울려 퍼졌다.

"이, 이번에도 또?!"

그것도 아까보다 더 큰 폭발이었다. 호텔 밖으로 나오려던 투숙객들이 이 폭발에 놀라서 한꺼번에 뿔뿔이 흩어져 도망쳐버렸다.

"범인과 경비대가 싸우고 있나?"

"그럴지도 몰라요. 이스카, 어서 갑시다!"

보도를 질주하여 거리 건너편으로 향했다.

빌딩들 사이사이의 골목길을 지나, 불티가 흩날리는 폭발 지점까지 뛰어갔다. 그곳에 제 발로 서 있는 사람은 없었다.

"헉……?!"

마녀 공주가 비명을 질렀다.

쓰러진 경비대. 모두들 성령 대항용 방패를 손에 쥔 채 차가운 길바닥에 누워 있거나, 건물 벽면에 힘없이 기대어 쓰러져 있었다.

경비대뿐만이 아니었다.

"아니, 당신들은?! 여왕님의 첩보 부대……!"

양복 차림의 남녀 여러 명이 경비대 밑에 깔리듯이 쓰러져 있었다. 이스카가 보기엔 보통 시민과 다를 바 없었지만, 시스벨이 그렇게 단언한다면 정말로 그런 것이리라.

……여왕의 병사. 그렇다면?

……시스벨을 찾으러 왔다가 습격당한 건가?

직사각형 케이스를 열었다.

그곳에 숨겨뒀던 성검 두 자루를 꺼내 쥐고. 이스카는 주위를 날카롭게 노려봤다. 다행히 불티가 흩날리는 이 와중에 여기까지 구경 나온 시민은 없었다.

수상한 자가 있으면 금방 눈치챌 수 있을 것이다.

"시스벨."

"아, 네. 당장 해볼게요!"

마녀 공주가 가슴에 손을 댔다.

의식을 집중하는 것처럼 숨을 멈추고 눈을 감더니.

"별이여, 그대의 과거를———."

"…………**찾았다**……."

소리 없는 속삭임——.

이스카가 그것을 감지할 수 있었던 것은 그저 요행이었다. 상공에서 불어 들어온 빌딩 바람이 옥상의 기척을 여기까지 전해줬기 때문이다.

"시스벨, 위를 봐!"

건물 옥상 벽면에 붙어서 떠오른 사람 그림자.

이쪽을 내려다보는 것 같았다.

"저, 저건, 성령 부대 전투복인가?!"

"보스, 자세히 봐. 비슷하지만 달라."

진이 총구를 겨눴다.

"……십중팔구 저놈이 범인일 거야."

얼굴을 후드로 가린 로브 형태의 전투복.

성령 부대 전투복보다도 두꺼운 천. 왠지 불길해 보이는 얼룩덜룩한 보라색.

손에도 두툼한 세 손가락 장갑을 끼고 있었다.

……키는 이렇게 봤을 때에는 나보다 커 보였다.

……그러나 신발 밑창이 두꺼울지도 모른다. 저자가 남자인지 여자인지도 알 수 없었다.

나이와 성별은 식별 불능.

저 안에 기계 병사가 있어도 놀랍지 않을 것이다. 그 정도로 기묘한 복장이었다.

"시스벨, 저거 황청 복장이야?"

"아, 아뇨……. 저도 처음 봐요. 성령 부대 전투복도 아니고, 왕가의 친위대 복장과도 달라요."

시스벨이 마른침을 꿀꺽 삼켰다.

결사적인 표정으로 주먹을 꽉 쥐고, 네뷸리스의 왕녀가 늠름하게 외쳤다.

"거기 무뢰한은 들으시오! 당신이 공격한 자들은 엄연한 공공 부대이며, 여왕의 첩보 부대입니다. 이 중죄는 반드시 엄히 다스릴 것입니다!"

『…………….』

"당신이 왕가와 가까운 인물이라는 것도 짐작하고 있습니다. 내가 있으면――."

『뭉개, 져라.』

습격자가 손가락을 들어 가리켰다. 그 순간――.

이스카는 머리 위에 모여든 불가시의 압력을 피부로 느끼고 시스벨을 와락 끌어안았다.

"뛰어!"

위에서 낙하하는『중력 덩어리』가 이스카의 목소리를 뭉개버렸다.

왕녀를 끌어안은 이스카가 앞으로. 진이 뒤로. 네네와 미스미스 대장이 각각 좌우로 몸을 던졌다.

퍽.

그 직후, 이스카가 서 있던 **돌바닥이 파괴됐다.**

“바람?! 아니, 바람 소리는 안 들렸어. 그렇다면…….”

“중력이에요!”

이스카에게 안긴 채 착지한 왕녀가 소리를 쥐어짜냈다.

“파동을 조종하는『파(波)』성령의 아종입니다. 경비대도 저 공격 때문에 짓눌려버린 게 틀림없어요!”

“아, 그래. 우리도 전장에서 본 적이 있어.”

보이지 않는 함정으로 작용하는 성령술.

강력한 성령은 주행 중인 군용차조차도 억지로 지면에 고정시킬 수 있었다.

거미줄과도 비슷한 능력이었다.

이 중력의 올가미에 걸려 움직임이 봉쇄된 목표물에게 불이나 얼음 성령술로 강력한 공격을 가하는「협동작전」이 가장 위협적이었다.

“시스벨, 멀리 떨어져 있어.”

“꺅?! 이, 이스카?!”

이스카는 마녀 공주를 뒤쪽으로 밀쳐냈다.

거친 행동이라는 것은 알았다. 그러나 수단 방법을 가릴 여유가 없었다. 저 습격자의 성령술이 그만큼 강력했기 때문이다.

……중력은 눈에 보이지도 않고, 바람의 기척도 거의 없다.

……시스벨을 보호하면서 반응하는 것은 불가능하다.

그리고 저 파괴력.

돌바닥을 깨뜨려버린 저 충격은 일격필살이라 해도 과언이 아니었다. 정수리를 노리고 저런 중력 덩어리가 날아온다면 아마 이스카도 기절해버릴 것이다.

……게다가 이 녀석은 중력이다.

……아까 그 보라색 폭발과는 별개의 성령. 습격자는 최소 두 명 이상인가?

“여기, 이 손 잡아!”

“대장님, 지금 당길게!”

비틀거리는 시스벨의 손을 붙잡는 미스미스. 그리고 네네가 그 미스미스의 손을 뒤에서 끌어당겨서 호위 대상을 건물 그늘 쪽으로 데려갔다.

이제 저들은 중력의 범위에서는 벗어났을 것이다.

“진 군!”

“보스, 소리 지르지 마. 왜 일부러 상대에게 힌트를 주는 거야? 뭐, 어쨌든. 저놈은 무방비 상태지만.”

이스카의 뒤쪽——.

건물 그림자와 동화된 것처럼 숨죽이고 있던 저격수가 왼손의 권총으로 적을 겨눴다.

“중력으로는 총탄을 막을 수 없어.”

밤을 가르는 총탄.

밤의 어둠 속에 녹아든 탄환을 피하지 못한 습격자는 어깨, 가슴, 옆구리에 총을 맞고 비틀거렸다. 저 옷은 방탄 섬유일 테지만, 충격이 아예 없지는 않을 것이다.

“어? 며, 명중시켰어? 이렇게 먼데……?”

건물 그늘 속에서 시스벨이 경악하여 중얼거렸다.

“이, 이렇게 어두운데 어떻게 명중시킨 거예요?! 암시 고글도 없이?!”

“됐으니까 조용히 숨어 있어.”

진이 네 번째 총알을 날렸다.

빌딩 밑에서 옥상을 향해 날아간 탄환이 습격자의 오른쪽 다리를 꿰뚫었다. 사람 그림자가 비틀비틀하다가 앞으로 크게 휘청거렸다.

“선택해라. 이대로 벌집이 될지, **떨어질지**.”

『!』

정체불명의 습격자가 뛰어내렸다.

빌딩 옥상에서 몇 미터 떨어진 돌바닥으로. 달인이라도 다리가 부러질 만한 높이의 자유낙하였지만, 그는 중력을 조작해 그 충격을 완화시키면서 착지했다.

그러나 낙하 속도가 느려진 이상, 그것은 위에서 떨어지는 검의 과녁에 불과했다.

『뭉개——.』

“늦었어.”

이스카가 발을 내디디면서 검을 뽑았다.

민첩하게 몸을 뒤트는 습격자. 그러나 그 회피 동작보다도 더 빠른 속도로 까만 성검이 그놈의 방호복을 방어구까지 통째로 비스듬하게 베어버렸다.

목 방어구가 파괴됐다. 그 안쪽의 피부까지 칼날이 닿아——.
——위화감.
소름이 끼쳤다.
"헉?!"
칼끝에서 느껴지는 「무반응」에 경악하여 공격을 멈춘 것은 이스카였다.
의복의 섬유가 아니었다.
단단한 인간의 근육도 아니었다. 마치 물을 베는 것처럼 아무런 저항이 느껴지지 않았다.
"이, 이스카! 적을 봐주면 어떡해요?! 방금 분명히 쓰러뜨릴 수 있었잖아요?!"
"…………."
"이스카?"
마녀 공주에게 대답할 말이 없었다.
이스카 본인도 설명할 수가 없었기 때문이다. 방금 순간적으로 느낀 오한과, 칼끝에서 느껴졌던 감촉. 둘 다 과거에 전혀 경험해 보지 못한 것이었다.
"이봐."
『아………… 목의 방어구가 파괴됐어. 어휴, 이건 못쓰겠네.』
마주 선 습격자가 반쯤 찢어진 후드 부분의 이음매를 확 잡아 뜯어버리고, 얼굴을 가리고 있던 가면도 벗었다.
이윽고 드러난 그 정체는——.

“전부 합쳐서 네 명인가. 즉석에서 고용한 용병치고는 솜씨가 좋군. 정체가 뭐야?”

붉은 머리 마녀였다.

오른쪽 귀에는 피어싱, 왼쪽 귀에는 커다란 링 귀걸이를 달고 있었다. 공격적인 눈매까지 포함해서 상당히 사나워 보였다.

상대는 장갑을 벗었다. 이스카가 눈을 의심할 정도로 가느다란 손이 드러났다.

……옷에 비해 몸집이 작구나.

……대장님이나 시스벨만큼 작지는 않아도, 네네보다는 틀림없이 작을 것이다.

그 마녀가 이스카 뒤를 보고 손을 흔들었다.

“안녕~ 시스벨? 드디어 밖으로 나와줬구나.”

“앗, 비소와즈?!”

“제8주가 워낙 넓잖아. 너처럼 작은 어린아이 하나를 찾아내기는 힘들지. 그러니까 우리가 찾기보다는, 네가 스스로 나오게 만드는 것이 편하지 않겠어?”

붉은 머리 마녀가 장난스럽게 윙크를 했다.

애교 있는 미소를 지으면서. 이 비소와즈라고 불린 마녀는 발밑에 쓰러져 있는 여왕의 첩보원들의 머리에 발을 척 올려놨다.

마침 좋은 발판을 발견한 것처럼.

“……가까이 오지 마세요!”

시스벨이 먼저 손을 내밀면서 거부했다.

"왜 나를 노리는 건지는 몰라도, 다 쓸데없는 짓입니다. 아까 그 폭발 때문에 경비대 증원군이 올 겁니다. 구경꾼들도 몰려들 테고요."

"————."

"히드라 가문의 이단 심문관이라는 정체를 숨기기 위해서 일부러 그런 옷을 입고 온 거죠? 여기서 나를 공격한다면, 쿠데타의 주범으로서 당신 얼굴이 노출될 거예요."

머리에 후드와 가면을 뒤집어쓰고 손에도 장갑까지 끼면서 철저하게 몸을 가렸었다.

정체를 숨기려는 의도는 분명히 있었을 것이다.

"당신의 정체를 들키면 히드라 가문의 입장이——."

"안 들켜."

"네?"

"시스벨, 재미있는 것을 보여줄까?"

자갈이 튀어 올랐다.

부서진 돌바닥 위로 한 걸음, 또 한 걸음 태연하게 걸어오는 붉은 머리 마녀. 그 앞에서 이스카는 반대로 한 걸음, 또 한 걸음 뒤로 물러났다.

"이봐, 다들 **저 녀석에게 절대로 접근하지 마.**"

"이, 이스카 오빠, 왜 그래?!"

"위험해. 미스미스 대장님, 시스벨을 앞에 두지 마세요. 당장 철수할 준비를 해주세요."

"이, 이스카, 무슨 말을 하는 거예요?! 지금이야말로 당신이 활약할 때잖아요!"

시스벨에게 대답해줄 여유는 없었다.

눈앞에 있는 마녀――.

그 온몸에서 엄청나게 기묘한 압력이 느껴졌기 때문이다.

시조 네뷸리스, 빙화의 마녀 앨리스리제와도 뭔가 다른 기묘한 오한. 그것은 성검으로 저 마녀를 베었을 때부터 쭉 느껴졌었다.

……**상처가 나지 않았다**.

……어깨와 목의 방어구를 파괴했는데도, 피부에는 전혀 상처가 나지 않았다!

붉은 머리 마녀가 멈춰 섰다.

건물과 건물 사이.

어두운 골목 안, 달빛이 좁은 틈새로 새어드는 길에서――.

"시스벨, 내일 정보지 기사 제목을 알려줄게. 『제3왕녀 시스벨, 수수께끼의 괴물에게 습격당하다』."

"네?"

"잊어버렸니? 아니면 기억하기가 싫은 거니?"

붉은 머리 마녀가 생긋 웃었다.

"네가 왕궁에서 본 『괴물』 말이야. 대충 이렇게 생기지 않았어?"

깔깔거리는 웃음소리가 밤거리에 울려 퍼졌다.

보라색 불꽃이 타오르면서 마녀 비소와즈의 온몸을 휘감았다.

"아앗?!"

불타서 밑으로 떨어지는 얼룩무늬 옷.

그러나 붉은 머리 마녀는 여전히 태연하게 그 자리에 서 있었다. 불길에 휩싸여도 불타지 않았다. 그 이유는 단순했다.

보라색 불꽃이 마녀의 온몸에서 피어나고 있었기 때문이다.

악성변이(惡星變異)『피험자 Vi』——.

소녀는 점점 변이했다.

붉은 머리카락이 순식간에 거꾸로 곤두서더니 새빨간 보석 같은 금속 형태로 응고되었다. 그리고 온몸의 피부 색깔이 투명해지면서 마치 해파리처럼 그 육체 너머로 밤하늘이 비쳐 보이기 시작했다.

물론 인간의 근육이나 피부가 유령같이 투명해질 수는 없었다.

다시 말해——.

이것은 인간이 아니었다.

눈앞에 태어난 것은 아무리 봐도 인간의 범주를 넘어선 괴물이었다.

"어? 이, 이게 무슨…………."

"지, 진 오빠, 저게 뭐야?!"

"……이봐, 고용주 씨. 이런 이야기는 안 해줬잖아?"

진이 갈라진 목소리로 말했다.

이스카와 마찬가지로 제국 최강의 검사 밑에서 수련한 이 저격수조차도, 현재 눈앞에서 태어나고 있는 괴물을 그저 뚫어져라 응시할 수밖에 없었다.

"황청의 자객과 싸우겠다는 약속은 했지만, 저런 괴물과 싸워야 한다는 이야기는 못 들었어."

"…………아…………아아…………앗?!"

그리고 시스벨은.

온몸을 바들바들 떨면서 소리도 제대로 못 내고 있었다.

"————휴. 이제 기억났니? 이러면 누가 내 모습을 봐도 괜찮겠지? 오늘 밤 사냥감은 너야. 그다음은 여왕."

비소와즈의 흔적이 남아 있는 얼굴로, 한때 인간이었던 것이 가볍게 웃었다.

그리고 양팔을 벌렸다.

"별은 분노로 가득 차 있어. 아직도 제국을 타도하지 못한 루 가문 따윈 필요 없어."

보랏빛 화염——.

선명한 보라색 불꽃이 그 광택 있는 육체에서 피어올라 밤하늘을 태웠다. 그런데 비소와즈에게 깃든 성령은 분명히 『중력』일 터.

"……비소와즈, 당신의 그 불꽃은 뭐죠?!"

"이거? 이건 성령 에너지 덩어리야. 100년 전에 제도를 잿더미로 만들었던 화염의 정체——물로도 냉기로도 없애지 못하는 불. 이건 끊임없이 타오르는 불꽃이야."

보라색 불기둥이 펑 터졌다.

빌딩만큼이나 높이 솟아오른 화염의 벽이 자갈 부스러기와 돌바닥을 집어삼키면서 이쪽으로 다가왔다.

"그럼 안녕. 루 혈족. 그리고 당신의 호위들도."

인간이 아닌 마녀가 손가락을 딱 튕겼다.

"황청은 우리가 가질게."

"——마음대로 해. 그렇게 말하고 싶지만."

보라색 불꽃이 검은색 일섬(一閃)에 의해 사라졌다.

"시스벨만은 예외야. 너에게 넘겨줄 마음은 없어."

"————?!"

마녀의 미소가 얼어붙었다.

사라지지 않아야 할 성염(星炎)이 사라졌다. 아니, 절단됐다. 화염의 벽 앞에서 시스벨을 보호하면서 흑강의 검을 휘두른 검사에 의해.

"나의 성령 에너지를, 차단했어……?"

"이스카!"

의아해하는 마녀 비소와즈.

환희의 소리를 지르는 마녀 공주 시스벨.

거의 정반대에 가까운 두 목소리와 시선을 받으면서. 이스카는 방금 자신이 절단한 성염을 내려다봤다.

흩어진 보라색 화염.

그 무수한 불티는 아직 사라지지 않았다. 그것이 돌바닥에 들러붙어 서서히 돌의 표면을 녹이는 장면이 눈에 띄었다.

"시스벨을."

——멀리 데려가줘.

여대장, 네네, 진에게 속삭이듯이 부탁했다.

"이스카! 다, 당신이 나에게 그랬잖아요? 자신은 성령술사와 싸우는 데 특화된 검사라고. 그건 거짓말이 아니죠……? 지지 마세요!"

밤바람에 쓸려 가는 소녀의 목소리.

호소하는 듯한 그 필사적인 외침을 등으로 받아내면서, 이스카는 뒤를 돌아보지 않았다. 이 괴물한테서 단 한순간도 눈을 뗄 수 없었다.

"——모르겠어."

이스카의 대답은 점점 멀어져가는 마녀 공주의 귀에는 닿지 않았을 것이다.

"성령술사에게는 지지 않아. 하지만 나도 이런 녀석을 상대하는 것은 처음이야."

처음 보는 존재였다.

……나는 성령술사를 마녀라고 부른 적이 없었다.

……그러나 이 녀석은 또 다른 의미에서 「마녀」라고 부를 수밖에 없는 괴물이었다.

마녀 비소와즈.

이스카는 인간이 아닌 괴물로 변이한 소녀와 마주 봤다. 단지 그뿐인데도 등에서 식은땀이 흐르는 것을 느끼면서 입을 열었다.

"성령술사에게는 지지 않아. 이건 나의 오기야."

"어머, 그래? 그럼 안심하고 지렴."

비소와즈가 하늘을 우러러봤다.

"나는 성령술사가 아니야. 그런 차원에 속하는 존재가 아니거든."

"그런 뜻이 아니야."

오른손에는 흑의 성검. 왼손에는 백의 성검을 움켜쥐고.

이스카는 숨을 토해냈다.

"마녀에게는 **지고 싶지 않아**. 그런 뜻으로 말한 거다."

"뭐?"

"네가 인간이 아닌 괴물이란 사실은 좀 전에 너를 베었을 때 이해했어. 하지만——."

"하지만? 뭔데?"

"자신이 성령술사가 아니라고 자랑하는 너한테서는, 성령의 힘 이외의 강한 힘이 느껴지지 않아."

"?"

"아, 그래. 넌 이해하지 못할 테지."

빙화의 마녀 앨리스리제.

시조 네뷸리스.

가시의 마녀 키싱.

제국 사람들에게 마녀라고 불리는 이 순혈종들은 모두 다 결사적인 각오가 필요한 강적이었다. 그리고 **모두 다 인간이었다.**

인간이면서도——.

제국군한테『마녀』라고 매도당할 것을 각오하고 그 능력을 발휘했다. 그래서 그들에게서는 서슬 퍼런 중압이 느껴졌었다.

"제국 사람들이『빙화의 마녀』라고 부르는 성령술사가 바로 나야."

"나는 100년 전부터 알고 있었어. 이 상처투성이 세계에는 영웅도 구세주도 없다. 그러니 내가 마녀가 되어 제국을 소멸시킬 것이다."

"평범한 인간 소녀가 스스로를『마녀』라고 부르면서 자조했었어. 그게 얼마나 큰 각오가 필요한 일인지, 너는 상상도 못 할 테지."

"……?"

"지고 싶지 않아. 단순히 **강하기만 한** 마녀에게는."

보라색 불꽃에 비춰진 밤의 골목길.

어딘가에서 경보음이 울려 퍼지는 가운데, 이스카는 미증유의 싸움에 도전했다.

진정한——.

인간과 마녀의 싸움에.

Chapter.5
『제3차 통합「인간과 성령의 통합」』

the War ends the world /
raises the world

1

네뷸리스 황청 제8주 리스바텐——.

주요역『남 알트리아』 일대는 조금 전까지는 모든 사람들이 잠들어버린 고요한 밤의 정적에 휩싸여 있었는데, 지금은 날카로운 경보음이 울려 퍼지고 있었다.

"지, 진 군, 이게 뭐야?! 저 마녀는 도대체 뭐야?!"

"나도 몰라. 보스, 네네, 서둘러."

진은 밤거리를 질주하여 눈앞에 있는 호텔로 달려갔다.

밤중인데도 불구하고 사람들이 로비에 모여들고 있었다. 그 흐름을 거슬러 복도를 뛰어가서 좀 전에 내려왔던 비상계단으로 올라갔다.

"내가 이스카를 후방에서 지원해주고 싶어도, 이런 작은 권총 가지고는 불가능해. 네네, 케이스에 장갑 파괴용 매그넘을 숨겨놨지?"

"아니, 하지만 진 오빠. 그건 인간이 아닌 **짐승에게** 사용하는 권총인데?!"

"내 눈에는 그렇게 보였어. 인간이라고 생각하지 않는 편이 나을 거야."

저것은 인간이 아니다.

제국군이 알고 있는 성령술사가 아니다. 완전히 새로운 종류의 적으로 규정해야 할 상대이다. 최대 화력을 쏟아붓는 것 외에 다른 방법은 없었다.

"설마 저것이 황청의 비밀병기는 아니겠지?"

"…………."

"이봐."

"……농담하지 마세요."

불그스름한 금빛 머리카락을 지닌 소녀가 비상계단 층계참에서 딱 멈춰 섰다.

이마에서는 땀이 폭포수처럼 흐르고 있었다. 머리카락이 엉망으로 흐트러진 황청의 마녀는 창백하게 질린 얼굴로 말했다.

"그 여자………… 비소와즈 알렉 히드라는 왕가와 관련된 사람이지만, 제국군이 순혈종이라고 부르는 존재는 아닙니다. 비소와즈는 피가『묽기』때문입니다."

"묽다고?"

"그 사람은 양자예요. 네뷸리스 직계의 먼 혈족인 아이가 히드라 가문에 양녀로 입양된 거죠. 그 후 비소와즈는 범죄자를 심판하는 이단 심문관 일에 종사해왔습니다. 여기까지는 왕가 사람이라면 누구나 다 알고 있어요. 하지만……."

"저런 괴물인 줄은 몰랐다고?"

"……알았다면, 애초에 범인을 추적하는 위험한 짓 따윈 하지 않았을 거예요."

계속 뛰느라 피곤하기도 하고, 또 공포에 질리기도 했을 것이다.

난간에 기대어 선 시스벨은 무릎이 후들후들 떨려서 계단을 오르지 못하고 있었다.

"……그 비소와즈와 비슷하게 생긴 괴물을, 딱 한 번 본 적이 있어요."

"헉?!"

미스미스 대장이 저도 모르게 신음 소리를 냈다.

"아니, 그렇게 중요한 일을 우리에게 비밀로──."

"아닙니다! 저, 저도 전혀 예상하지 못했어요. 당신들도 봤잖아요? 비소와즈가 변신하는 모습을. 그렇게 평범하게 생긴 인간이 정체를 숨기고 있을 줄은…… 그걸 제가 어떻게 알았겠어요?!"

"오케이. 괴물의 정체는 나중에 조사하자고."

진이 탄식했다.

"우선 객실로 돌아가자."

"꺅?!"

진에게 덜컥 업혀버린 시스벨이 비명을 질렀다.

"지, 지금 뭐 하는 거예요?! 양해도 구하지 않고 내 몸을 건드리다니──."

"직접 뛸래?"

"……아니요."

머뭇머뭇 진의 어깨를 붙잡는 소녀.

완전히 지쳐버린 두 다리로 계단을 올라가는 것보다는 이 남자에게 업혀서 가는 것이 훨씬 더 빠를 것이다.

"그 괴물이 호텔까지 쫓아올 가능성은?"

"……없지는 않죠. 그 모습을 보고 곧바로 비소와즈라고 눈치채는 경비대원은 아마 없을 테니까요. 감시 카메라에 찍혀봤자 다시 인간으로 되돌아가면 아무 의미도 없고요."

"그래, 옳은 말이야."

비상계단을 두 단씩 성큼성큼 뛰어 올라가는 진.

"객실로 돌아가면 두 팀으로 갈라지자. 너는 네네와 보스 옆에 있어. 절대로 밖에 나오면 안 돼. 나는 이스카를 도와주러 갈 거야."

"네…… 저것은 더 이상 우리의 동지가 아닙니다. 한시라도 빨리 어마마마께 보고를 해야……."

"어마마마?"

"아, 아무것도 아니에요! 그냥 혼잣말이니까 신경 쓰지 말고 빨리 올라가세요!"

"그럼 얌전히 꽉 붙잡고 있어."

그대로 비상계단을 달려 올라가면서.

진은 자신이 지금 여왕의 딸을 업고 있는 줄도 모르고 나직한 목소리로 중얼거렸다.

"제국 상층부도 시커멓게 썩은 놈들이지만, 이제 보니 네뷸리스의 피도 만만치 않게 썩은 모양이군."

——아름답지?

차가운 밤바람에 섞인 요염한 웃음소리.

"이 보석 같은 머리카락도, 유리처럼 투명한 육체도."

인간이 변모한 것인가——.

아니면 원래 괴물이었던 것의 변장이 풀린 걸까——.

곤두선 머리카락이 루비 같은 결정체로 변해버린 「소녀였던 것(비소와즈)」이 유연한 양팔을 활짝 벌렸다.

"……너는 인간이냐?"

"글쎄? 호위병 씨, 인간의 정의를 가르쳐줄래?"

마녀 비소와즈가 팔짱을 꼈다.

동글동글한 육체의 선은 소녀다웠지만, 희미하게 빛나는 육체 너머로 그 뒤의 밤하늘이 비쳐 보였다.

"질문을 바꿔야겠군."

"응, 뭔데?"

"넌 태어날 때부터 그런 모습이었냐?"

마녀는 대답하지 않았다.

대답 대신 팔짱을 풀고 손가락으로 이스카를 가리켰다.

"시스벨이 이스카라고 불렀었지. 넌 누구야?"

"독립국가의 호위병이다."

"『그런 뜻이 아니야』. 아까 네가 했던 말을 그대로 돌려줄게."

성염을 두른 마녀가 차갑게 웃었다.

"제국군 사도성 제11위, 『흑강의 후계자』라고 불리던 검사의 이름이 그거였어. 그 사람과 동일인물이냐고 물어보는 거야."

"!"

"우리 『히드라』 가문은 100년 동안 버텨왔어. 때를 기다리면서. 당연히 제국군의 동향도 파악하고 있었지."

"……결국 이 나라가 목적인 거냐?"

"범부의 생각이구나."

화악! 하고 공기가 요동쳤다.

마녀 비소와즈의 온몸에서 수백, 수천이나 되는 보라색 불꽃이 터져 나왔다.

"그런 시시한 이유로 인간이기를 그만두지는 않아."

불꽃의 꽃봉오리가 벌어졌다.

성염——비소와즈의 체내에서 솟구치는 성령 에너지가 구현된 것.

"『바이올렛 벨트(보라색 소행성)』."

업화(業火)가 이스카를 집어삼킬 정도로 거대한 불덩어리로 변했다.

어떤 물이나 냉기로도 꺼뜨릴 수 없는 불. 그래서 100년 전에 제도는 이 불꽃 앞에서 속수무책으로 초토화되고 말았다.

성령 에너지가 다 사라질 때까지 이 불은 결코 꺼지지 않는다.

"불타버려라."

시야가 꽉 막혔다.

좌우에는 건물. 앞에는 거대한 불덩어리. 그리고 이스카의 등 뒤에는 쓰러진 경비대원들이 있었다.

……이 자식이?!

……진짜로 모든 것을 없애버릴 셈인가?!

피할 수는 있다.

불의 속도는 빠르지 않았다. 저것이 여기 부딪칠 때까지 멀리 도망치면 된다. 그건 아주 쉬운 일이고, 이스카가 그렇게 하더라도 누구도 비난하지 못할 것이다.

그러나——.

"너에게는 조국도 그 무엇도 없는 거냐?"

지면을 박찼다.

이스카는 높이 치켜든 흑의 성검을 날카롭게 내리쳤다.

——절단.

부풀어 오른 풍선이 터지는 것처럼 그 거대한 성염이 펑! 소리를 내면서 무수한 불티로 변해 허공에 흩어졌다.

"하하! 역시 그 검이 문제로구나!"

높이 울려 퍼지는 마녀의 목소리.

"성염을 없애려면 동등한 성령 에너지를 투입해서 상쇄시킬 수밖에 없어. 그걸 절단하다니, 제국군이 도대체 무슨 못된 꾀를

짜낸 거지?"

"글쎄, 뭘까?"

"하지만 그래 봤자 검 한 자루다. 그걸로는 아무것도 못해."

마녀가 오른손을 앞으로 내밀었다.

그 손가락이 이스카를 가리키자, 허공에 떠오른 수십 개의 불덩어리가 일제히 지상을 향해 낙하했다. 마치 화염 유성우처럼.

"하나를 베어봤자 소용없어. 이렇게 많은 화염은……."

"자릿수가 두 개나 부족해."

"뭐라고?!"

"나를 제거하려면 그 정도는 해야지. 앨리스는 그렇게 했어."

오로지 「앞」으로 나아갔다.

밤하늘을 보랏빛으로 물들인 불덩어리의 궤도를 힐끗 보더니, 이스카는 성검을 치켜들었다. 정수리 쪽으로 낙하하는 성염을 절단하고 그대로 다음 불덩어리를 후려쳤다.

대각선 위에서 내려오는 불덩이를 피하고――.

이스카는 단 한순간도 멈추지 않고 달렸다. 눈앞에 있는 마녀를 향해.

"너 뭐야. 인간 주제에 꼭 괴물 같네?"

"피차일반이지."

이스카에게 상대는 미지의 마녀였다.

그런데 이 마녀에게도 이스카는 충격적인 존재일 것이다. 이토록 많은 성염에 맞서서 오히려 돌진해오는 무지막지한 검사는 처음 봤을 것이다.
……하나 알아낸 사실이 있었다.
……아무리 외모와 능력이 인간의 범주를 벗어났어도, **이 녀석의 전법은 인간의 전법이다.**
순혈종과 비슷하다.
이스카가 첫 번째 공격을 막아내는 것을 보면, 그다음에는 압도적인 대규모 술식(術式)을 이용해 힘으로 그를 찍어 누르려고 한다. 그것이 일대일 싸움에 가장 적합한 전술이라는 것을 경험적으로 알고 있기 때문이다.
"『대지의 여신, 예찬』──."
마녀의 발아래를 중심으로 까만 돔이 동심원 형태로 부풀어 오르기 시작했다.
번데기처럼 기괴하게 생긴 중력장.
"중력 태풍."
쿠우웅. 땅울림이 발생했다.
제일 먼저 비명을 지른 것은 돌바닥이었다. 표면의 돌이 거미줄 모양으로 갈라지더니, 순식간에 커다란 균열이 발생했다.
태풍처럼 중심을 향해 소용돌이치는 중력이 주변의 사물들을 억지로 끌어들였다.
"옳지, 잡았다."
"아니, 오히려 그 반대야."
건물 벽면에 **착지**했다.

중력 태풍에 휘말리기 직전에 이스카는 그 힘의 범위 밖으로 뛰쳐나갔다. 마치 야생동물 같은 놀라운 각력으로.

탁──.

비스듬히 건물 벽면을 밟고 뛰어서 맞은편 건물 벽으로 이동했다.

마녀의 머리 위로 검을 내리치기────직전에, 한없이 강한 중압감이 이스카를 덮쳤다.

피부로 느꼈다.

마녀 비소와즈의 온몸에서 흘러나오는 보라색 빛을.

"크윽?!"

앞으로 2초만 지나면 마녀에게 검이 닿을 것이다.

그토록 가까이 접근했으면서도 이스카는 거기서 공격을 중지했다. 가로등 기둥을 걷어차고 도약 궤도를 바꿈으로써 마녀를 지나쳐 저 뒤쪽에 착지했다.

"아하. 아하하하. 너 꽤 괜찮다. 조아와 루를 쓰러뜨리기 전에 준비운동 상대로는 딱 좋아."

인간이 아닌 소녀가 빙글 이쪽을 돌아봤다.

그 눈이 **불타고 있었다**. 비유적인 표현이 아니었다. 머리카락과 마찬가지로 딱딱한 보석으로 변한 그 눈동자에서 성염이 흘러나오고 있었다.

……성염이 강해졌어?

……한껏 고양된 나머지, 힘이 흘러넘치고 있는 건가?!

"하지만 이제 슬슬 네 얼굴에도 질렸어. 시스벨도 쫓아가야 하고."

요염하게 눈을 치뜨는 마녀.

"이제는 좀 진지하게 싸워볼게. 그러니까 너도 만족하고 사라져. 알았지?"

2

이스카와 마녀 비소와즈가 충돌하기 겨우 몇 분 전――.

주요역『남 알트리아』.

번화가로 이어지는 큰길에서 앨리스는 전력질주를 하고 있었다. 어제 이스카와 시스벨이 손잡고 걷는 장면을 목격했던 바로 그 길이었다.

"이게 무슨 일이야. 저 폭발은 도대체 뭐야……?!"

보라색 화염.

밤이라는 캔버스 위에 선명한 보라색 불꽃이 피어났다가 사라졌다.

이곳은 성령술사의 나라다. 많은 사람들이 즉시 이해했을 것이다. 저것은 화약이 아니다. 강력한 성령 에너지의 빛이다.

……게다가 저 방향은.

……시스벨이 묵는 호텔이 있는 방향이잖아.

설마.

오한이 들었다. 어젯밤 네뷸리스 왕궁에서 발생한 여왕 암살 미수 폭발 사건이 떠올랐다. 게다가 자신은 여동생 시스벨이 공격당할 가능성도 분명히 염두에 두고 있었다.

"아냐, 하지만 이스카가 같이 있잖아. 또 린도 있으니까……."

우선 이스카가 동생을 호위하고.

린이 그 두 사람을 감시하고 있을 것이다.

"통신기 신호는 노란색…… 그럼 지금은 바쁘다는 뜻인데."

파란색은 통신 정상 상태. 빨간색은 통신 중.

그리고 노란색은 통신 제한.

무슨 사정으로 인해 린이 「바쁘기」 때문에, 앨리스 측의 연락을 일시 불가로 설정해둔 것이다.

"……아아, 이게 뭐야. 결국 내가 직접 확인하러 가야 하잖아!"

숨을 고르고 또다시 달리기 시작했다.

폭발은 그쳤다. 그러나 방금 그 소리를 들은 일반인들이 밖에 나와서 모여들고 있었다. 그들을 통제하는 것이 경비대의 역할이었다.

"거기 아가씨, 멈춰!"

"나예요. 무슨 일이 일어났는지 가르쳐줘요."

"앗, 앨리스리제 님?!"

가로등 불빛 아래 드러난 앨리스의 얼굴, 그리고 앨리스가 팔목에 차고 있는 왕가의 액세서리를 본 경비대는 당장 경례를 했다.

"됐으니까 빨리 설명해봐요."

"아, 네! 현재 조사 중입니다. 그런데 현장으로 출동한 부대의 연락이 끊겨서…… 응원 부대를 그쪽으로 보냈습니다."

"연락이 끊긴 곳은 어딥니까?"

"저, 저쪽에 있는 14번가입니다! 성령술로 추정되는 폭발을 조사하러 갔는데, 그 부대 네 명의 연락이 끊겼습니다."

"……그쪽도 그렇군요."

앨리스도 마찬가지였다. 여왕의 첩보 부대와의 연락이 끊겨버렸다.

게다가 린도 통신 제한 중.

"당신이 이 팀의 리더죠? 응원 부대 파견은 중지하세요. 현장에 접근하려고 하는 민중을 막는 데 전념해주길 바랍니다."

"네? 그, 그게 무슨 말씀이시죠?"

"내가 가서 살펴보고 오겠습니다. 그게 가장 빠른 해결책이고, 린과도 합류할 수 있을 테니까."

"왕녀님이 직접 가신다고요?!"

"네. 이해해주세요. 이것도 왕가의 임무입니다. 잠깐 가서 보고 올게요."

서로 얼굴을 마주 보는 경비대원들. 그 앞에서 앨리스는 조심스런 미소를 지었다.

……어휴. 눈치 좀 채줘.

……같이 가면 당신들도 내 성령술에 휘말려들 텐데. 그건 싫잖아?

상정할 수 있는 최악의 상황.

적은 여왕을 공격한 쿠데타의 범인이고, 그놈이 시스벨을 습격했다. 저 폭발이 그 증거라면? 가까이 다가가면 틀림없이 공격당할 것이다.

"하, 하지만."

"타협안을 내놓을게요. 딱 10분 동안만. 어때요? 10분 이내에 내가 연락할 테니까, 혹시 연락이 없으면 그때 응원 부대를 보내도록 하세요."

"……알겠습니다. 그런 조건이라면 응하겠습니다. 부디 무사하시길 바랍니다."

"네, 고마워요. 여러분도 조심하세요."

대답을 듣지도 않고 다시 달리기 시작했다.

10분은 짧은 시간이 아니다. 성령술사끼리 모의전을 벌이면 보통 2분 만에 결판이 난다는 기록이 남아 있다. 범인을 찾아내서 제압하기에 충분한 시간이었다.

"이쪽이지? 린, 린? 어디 있어? 대답해!"

제14번가.

오래된 건물들이 늘어서 있는 밤의 골목길은 가로등이 있어도 별 소용 없었다. 제대로 된 조명이 거의 없었다. 그 안으로 들어가다가——.

앨리스는 주위에 감도는 탄내를 맡았다.

"……아직도 불씨가 남아 있는 건가?"

"앨리스 님! 무사하셨습니까?!"

저 안쪽 통로에서 양복을 입은 검은 머리 여성이 빠르게 뛰어왔다.

나이는 20대 중반.

앨리스가 주목한 것은 상대의 옷깃이었다. 백합 문장에 사슬이 붙어 있는 특수주문 라펠 핀(재킷의 아랫깃에 붙이는 장식용 핀). 그것은 여왕의 첩보원이 공통적으로 차고 다니는 장식품이었다.

"시스벨 님을 발견했습니다! 그런데 적이 습격해서…… 대응하고 싶었지만, 경비대가 인질로 잡혔고 시스벨 님도 부상을 당하셨습니다!"

"그래? 계속 말해봐."

"네! 그런데 시간이 없습니다. 앨리스 님, 지금 현장으로 안내해드리겠습니다!"

"응."

그렇게 말하더니——.

앨리스는 가로등 불빛이 비치는 돌바닥 위에 서서 꼼짝도 하지 않았다. 어둠 속을 가리키던 여왕의 첩보원은 왕녀가 따라오지 않는 것을 눈치채고 뒤를 돌아봤다.

"……앨리스 님, 뭐 하세요?"

"하나 물어보고 싶은 것이 있는데."

"사태가 급박합니다! 시간이 없어요, 이러는 사이에도——."

"당신, 누구야?"

양복 입은 여성이 입을 꾹 다물었다.

앨리스는 제자리에서 팔짱을 꼈다.

“왕녀는 워낙 높은 사람이니까 일개 병사의 얼굴 따윈 기억하지 못할 거라고 생각했어? 그건 좀 슬픈 오산이네.”

“………….”

“여왕님께서 첩보 부대와 면담하실 때 입회하는 것이 나의 역할이야. 루 가문을 모시는 자의 얼굴과 이름은 단 한 명도 잊어버리지 않아.”

루 가문의 첩보원으로 위장한 여자.

앨리스는 처음 보는 얼굴이지만, 이 여자의 소속과 목적은 대충 짐작이 갔다.

……나를 좁은 골목길로 유인해서.

……기습하는 것이 진짜 목적인가? 아니면 내 입을 통해서 시스벨이 어디 있는지 알아내는 것이 목적이었을까.

어쩌면 둘 다 정답일지도 모르지.

“어쨌든 고마워. 당신 덕분에 하나는 알았어.”

한껏 비꼬는 어조로 말했다.

“시스벨은 아직 무사한 거구나. 시스벨이 붙잡혔다면 나에게 집착할 리가 없지. 경비대의 눈을 피해 도망치는 것을 우선시했을 거 아냐?”

“………….”

“그만 물러가. 트릭을 들켜버린 어릿광대는 즉시 퇴장하는 것이 예의야.”

“총명하시네요. 제2왕녀님.”

허공으로 날아가는 라펠 핀.

양복 옷깃에 붙어 있던 충성의 증거물을 떼어내서 휙 집어던진 것이다. 여왕에 대한 명확한 모반 행위였다.

"들던 것보다 훨씬 더 똑똑하고 감이 좋아. 그리고 아름다워."

"고마워. 하지만 내가 원하는 것은 입에 발린 칭찬이 아니야. 길을 비켜줘."

"그럴 수는 없지. 왕녀, 각오해라!"

양복이 펄럭였다.

익숙한 거동. 상대는 소형 권총의 총구를 이쪽으로 겨눴다.

"……총?"

여기서 총이라니?

앨리스의 빙벽은 제국 부대의 일제사격조차 튕겨낸다.

적이 권총을 들이대도 무서워할 이유가 없었다. 황청 사람이라면 그걸 모를 리 없었다. 그렇다면 다른 의도가 있는 걸까? 도대체 무슨 의도? 양동작전? 함정?

그 순간적인 망설임이———.

앨리스의 빠른 판단을 방해했다.

"잘 가. 왕녀님."

앨리스의 옆구리를 스치고 지나가는 탄환.

그 탄환이 보통 탄환이 아니라, 뒤쪽에 있는 기폭 장치를 건드리기 위한 고무 총알이란 사실을 깨달았을 때에는 이미 세 개의 불이 켜지고 말았다.

삐비빅――.

연속으로 울려 퍼지는 세 개의 신호음.

"서, 설마?!"

3연 기폭.

세 방향을 둘러싼 건물에 설치되어 있는 가소성 폭약. 그것이 건물 벽면과, 앨리스의 발아래 있는 돌바닥을 한꺼번에 파괴해 버렸다.

뭉게뭉게 피어오르는 분진.

그 연기 틈새로 모든 것이 폭파되어 날아간 광경이 언뜻 보였다. 그저 건물 벽에서 떨어져 나온 강철 잔해만 남아 있을 뿐이었다.

"경비대를 처리하기 위해 설치해둔 함정이야. 시조의 혈족에게 무작정 정면으로 도전할 수는 없잖아?"

찌그러진 가로등.

산처럼 쌓인 온갖 부스러기들 앞에서 그 여자가 총을 도로 집어 넣었다.

"제3왕녀 추적은 『Vi』가 속행하는 중인가…… 너무 느려. 언제까지 꾸물거릴 셈이지? 호위병까지 한꺼번에 싹싹 해치워버리면 될 텐데."

발길을 돌렸다.

앞으로 나아가려던 그 발이 갑자기 멈췄다.

――아니.

멈춘 것은 발이 아니라 「구두」였다. 구두 앞코와 뒤꿈치를 들어

올릴 수가 없었다. 접착제를 발라놓은 것처럼 돌바닥에 딱 붙어 떨어지지 않았다.

하얗게 빛나는 결정.

서리같이 얇은 얼음이 돌바닥 위의 구두 밑창에 들러붙어 있었다.

"상당히 잔인한 짓을 하네?"

"얼음?! 아니, 설마……?"

와르르 무너지는 강철과 돌의 산.

양발이 바닥에 고정되어버린 자객은 뒤를 돌아볼 수 없었다. 단지 그 소리만으로도 모든 것을 이해했다.

말도 안 돼.

지근거리에서 발생한 저 폭발은 성령의 자동 방어로도 제때 막아내지 못했을 것이다.

성령도 만능은 아니다.

숙주인 앨리스의 위기에 반응한다 해도, 폭발 에너지를 감지해서 「숙주에 대한 그것의 위험성」을 판단한 다음에 방어 행동을 취한다면 그때는 이미 폭풍에 휘말렸을 것이다.

"휴. 조금만 늦었어도 납작하게 깔릴 뻔했어."

지면에서 튀어나온 거대한 고드름이 수백 킬로그램이나 되는 강철 부스러기들을 가볍게 튕겨냈다.

그 밑에서——.

앨리스는 상처 하나 없이 똑바로 서 있었다.

"……그 순간에 방어를 해낸 거냐?!"

"이런 공격은 몇 번이나 받아봤어. 제국군과 싸울 때. 제국군이 나를 뭐라고 부르는지 모르는 건 아니겠지?"

"!"

빙화의 마녀.

전장에 나타나는 순혈종 중에서도 특히 이 소녀가 제국에서 가장 위험시되는 이유는――.

쓰러뜨릴 수 없기 때문이다.

포격을 막아내는 빙벽, 독가스를 공기까지 포함해서 모조리 얼리는 냉기. 대규모 지뢰밭조차도 지면을 얼려서 기동 불능으로 만들어버린다.

이를테면 불이나 번개, 바람의 성령은 이런 식으로 방어하지 못한다.

얼음이라는 속성에서 비롯된 자기 방어 능력. 그것은 여왕 네뷸리스 8세가 사랑하는 딸이 홀로 최전선에 나가는 것을 허락한 이유이기도 했다.

"그래도 간발의 차이였어."

앨리스는 붙잡힌 자객에게서 눈을 떼고 좌우와 뒤쪽에 있는 건물들을 둘러봤다.

반짝반짝 아름답게 얼어붙은 건물 벽면――.

폭풍에 휘말려 약해져버린 건물 아랫부분을 코팅하고, 두꺼운 얼음덩어리로 그 밑을 받쳐줬다. 이렇게 하지 않았으면 오래된 건물들이 도미노처럼 줄줄이 쓰러졌을 것이다.

"당신은 최악의 인간이야."

다시 이쪽을 돌아보는 앨리스.

그 눈동자에 차가운 분노가 깃들어 있었다.

"건물들이 무너지면 대참사가 일어났을 거야. 얼마나 많은 희생자가 났을까?"

"설마…… 자기를 지켰을 뿐만 아니라 건물 붕괴까지 막아낸 거야?! 그 폭발의 순간에 그만한 여유가 있었다고……?!"

자객은 전율했다.

이것이 루 가문의 최종병기. 여왕 암살 계획이「**앨리스가 없을 때**」실행된 이유가 바로 이것이었다.

——적으로 삼으면 안 된다.

이 왕녀와는 절대로 정면으로 싸우면 안 된다.

"이제 그만하자."

얼음덩어리가 삐걱거리는 소리.

거대한 얼음기둥이 꼼짝 못 하는 자객을 가두기 시작했다. 얼음 감옥 안에서 자객이 소리를 질렀지만, 그 소리는 두꺼운 얼음에 가로막혀 밖으로는 전혀 흘러나오지 않았다.

"당신과 대화할 시간조차 아까워. 감옥 안에서 마음껏 떠들어봐."

얼음덩어리를 등지고 돌아섰다.

앨리스는 자신을 공격한 자객에게 이미 완전히 흥미를 잃어버렸다. 이 여자가 아니다. 자신이 찾는 자객은 따로 있었다.

……저렇게 진부한 가소성 폭탄이 아니야.

……지금 나에게 중요한 것은 보라색 섬광. 성령술로 발생한 폭발이다.

아직 린에게서도 아무런 연락이 없었다.

린은 이 근처에 있을 것이다. 나보다 먼저 현장에 도착했을 터. 그게 아니라면 통신기를 굳이 제한 상태로 설정하지 않았을 것이다.

"린, 린! 어디 있———……."

굉음.

그 순간, 오늘 밤 가장 큰 땅울림이 발생했다.

3

"이제 슬슬 네 얼굴에도 질렸어."

성염. 그것은 성령이 발하는 에너지가 극한까지 압축돼서 물질화되어 현현했을 때 생겨나는 것.

밤하늘에 흩날리는 보라색 불티는 어쩐지 요염했고, 허공을 나는 나비처럼 아름다웠다.

그것이——.

"터져라."

불의 비가 되어 이스카의 머리 위로 쏟아졌다.

하나하나는 겨우 손톱만 한 알갱이지만 그 정체는 엄청난 고열 에너지였다. 옷에 스치면 즉시 옷이 타버릴 테고, 그 불은 결코 꺼지지 않을 것이다.

……머리카락 한 올이라도 저기 부딪쳤다간 큰일 난다.

……흉악함으로는 순혈종 키싱의「가시」에도 뒤지지 않는구나!

뒤로 점프했다.

이스카가 박차고 지나간 돌바닥에 불꽃이 부딪쳤다. 순식간에 돌바닥 표면이 달아올라 흐물흐물 녹아버렸다.

"칫!"

전부 피할 수는 없었다.

점프한 곳으로 떨어지는 불티. 이스카는 칼끝으로 그것을 튕겨냈다. 그리고 회전. 왼발을 중심으로 팽이처럼 몸을 돌려 뒤쪽의 불꽃까지 칼로 쳐냈다.

"오, 굉장하네. 등에도 눈이 달렸니?"

중력 조작――.

이스카가 쳐다보는 가운데 마녀 비소와즈가 하늘로 떠올랐다. 그 투명한 육체는 지상에 있는 이스카가 보기에는 거의 밤하늘과 동화된 상태였다.

놓쳐버렸다.

이미 비소와즈는 가까이 있는 건물 옥상보다도 더 높이 올라가 있었다.

……당했어.

……이 성염은 필살기가 아니야. 나를 멀리 떼어놓기 위한 광범위 술식인가?

보라색 비가 그쳤다.

"눈빛이 좋네. 긴장과 적의로 가득 찬 눈. 후후, **잘 아는구나**?"

마녀가 소리 높여 이야기했다.

이스카는 상대를 놓치고 싶지 않았다. 마녀는 그 심정조차 다 꿰뚫어 보고 말했다.

"어딘가에서 보고 있을 시스벨도 부디 절망해줬으면 좋겠다. 나의 비장의 기술로 없애줄게. ……극포(極砲)『시체의 마탄(魔彈)』."

밤보다 더 짙은 흑점.

마녀 비소와즈가 양옆으로 벌린 두 팔 가운데에서 생겨난 그것은 모든 빛을 배제해버린 어둠의 구체였다.

……저 구체는 뭐지?

……**지나치게 검다**. 설마 빛을 전혀 반사하지 않는 건가?!

저건 성령술일까?

애초에 「검은색」이란 것은 빛이 흡수될 때 나타나는 색이다. 그리고 마녀 비소와즈의 성령은 중력이다.

그걸 바탕으로 저 어둠의 구체의 정체를 추측해본다면.

"블랙홀?!"

"정답이야. 하지만 이미 늦었어."

블랙홀(중력붕괴성)──.

별이 폭발한 후에 발생하는 그것은 빛조차도 흡수해버리는 궁극의 중력장이었다.

쩌저적.

이스카의 발아래에서 갈라진 돌바닥 파편이 소리를 내면서 부서졌다. 그것이 밤하늘의 블랙홀을 향해 빨려 들어갔다.

"……지상에 있는 온갖 것들을 흡수할 셈이냐?!"

지상에서 하늘로.

휘어진 가로등. 돌바닥 위에 굴러다니던 깡통. 불법으로 버려진 소형차. 그리고 아까 그 폭발에 휩쓸려 부서진 빌딩 파편까지——.

이 물체들을 단순히 흡수하는 것으로는 끝나지 않을 것이다.

"블랙홀은 모든 무기물에 간섭하지. 저걸 봐. 지상의 시체들이 점점 커져가고 있어."

쓰레기. 또는 잔해라고 불리는 것들.

이스카보다도 거대한 강철 파편을 수백 개나 밤하늘의 어느 한 곳으로 끌어 모아서, 잔해의 집합체를 만들어 나간다.

빌딩만큼이나 크게 뭉쳐진 잔해의 덩어리.

"10그램——."

인간이 아닌 소녀의 교성이 들려왔다.

"이 무게. 뭐 생각나는 거 없어? 동전 한 닢보다 좀 무거운 건데."

"…………."

"답은 『총알』이야. 고작 10그램이지."

그러나 무거운 10그램이었다.

단 한 발로도 인간뿐만 아니라 대형 짐승까지 쓰러뜨리니까.
그렇다면——.
지금 이곳에 빌딩 한 채만큼이나 거대한 잔해덩어리가 존재한다면.
"어때, 멋지지? 빌딩 하나만큼의 질량을 가진 총알이라니. 아무도 본 적이 없을 거야. 그리고 미지의 존재이기 때문에, 아무도 막지 못할 거야."
마녀 비소와즈가 양팔을 벌린 채 하늘을 우러러봤다.
그야말로 빌딩 한 채에 필적하는 온갖 잔해와 돌멩이 파편 따위를 허공에 집결시키면서.
"『시체의 마탄』. 발사."

——질량 6,000,000,000그램의 탄환.

강철 빌딩 한 채.
블랙홀에 끌려 들어간 지상의 잔해들이 응축되어 일그러진 구체로 변했다. 이스카가 그렇게 인식한 순간.
쿠웅————.
제14번가를 덮친 그것은 소리가 아니라 파멸의 충격파였다.
하늘에서 밀고 내려오는 엄청난 질량.
그것의 지름은 현재 이스카가 서 있는 골목길 폭과 비슷했다. 성검으로 절단할 수 있는 크기가 아니었다. 「회피」. 이스카의 머릿속에 그

단어가 떠오르기도 전에.

"으윽?!"

눈에 보이지 않는 충격이 이스카를 후려쳤다. 그는 뒤로 휙 날아갔다.

콘크리트 벽에 등이 쾅 부딪친 순간 기절했다. 곧바로 정신을 차렸지만, 그때는 이미 돌바닥이 사라진 상태였다.

눈앞에는 푹 파인 구덩이만 존재했다.

……풍압……인가?

……직격하지도 않았는데, 그 여파만으로도 내가 튕겨져 날아가다니……!

찢어진 입술을 손등으로 문질렀다.

자욱한 흙먼지가 피어오르는 가운데 지면에 굴러다니는 검은색과 하얀색 성검이 보였다.

……기절해도 검은 놓치지 않는 훈련을 했었는데.

……검을 놓친 것은 처음인가.

그 정도로 강력한 충격이었다.

그것도 탄환 자체의 위력이 아니었다. 풍압이 스쳤을 뿐인데도 이 꼴이었다. 눈앞에 생긴 구덩이만 봐도 확실했다. 저건 제국군의 미사일에 필적하는 분쇄 능력을 가진 무기였다.

"어머나, 불쌍해라."

이스카가 건물 벽에서 등을 떼고 일어나려고 하자, 허공에 떠 있는 마녀가 냉소했다.

블랙홀은 여전히 남아 있었다.

"지금 그 일격으로 박살나지 않았구나? 두 번째 공격까지 해야 하다니. 안타깝네."

"…………아주 좋아."

검을 주웠다.

등에서 느껴지는 격통. 이스카는 얼굴을 찡그리면서 마녀 비소와즈에게 대꾸했다.

"이런 경상만 입고 첫 번째 공격을 무사히 넘겼으니까."

시체의 마탄의 위력에 비해——.

이스카라는 인간은 지나치게 가벼웠다. 그래서 그 풍압에 휘말려 속수무책으로 날아가 버렸고, 결과적으로는 목숨을 건졌다.

"흐음? 지금 허세 부리는 거야?"

마녀는 여전히 여유 만만했다.

"경상처럼 보이지도 않고, 무사히 넘긴 것 같지도 않고, 뭣보다도 이게 좋을 이유가 없잖아? 어차피 또다시 고통 받게 될 텐데."

"어떤 원리인지 확인했지."

피비린내를 맛보면서 숨을 뱉었다.

모래 먼지가 휘몰아치는 지상에서, 성검의 칼끝으로 마녀를 겨눴다.

"넌 처음부터 전력을 다하지 않았어. 마녀여, 그 자만심이 너의 약점이다!"

"발사."

두 번째 공격.

블랙홀에 의해 모여든 대량의 잔해들이 지상으로 발사됐다.

그러나 이번에는 보였다.

——탄환이 총의 방아쇠에 의해 발사되듯이.

——시체의 마탄은 마녀 비소와즈의 순간적인 성령광에 의해 발사된다.

그래서 이스카는 점프했다.

마탄이 발사된 순간에, 마녀의 동체시력으로는 따라잡지 못할 만큼 빠른 속도로 성검을 들어 올렸다.

요컨대 그것은 빌딩 하나가 낙하하는 것과 비슷했다.

그 궤도까지 뛰어 올라가서, 닥쳐오는 마탄을 향해 검을 휘둘렀다.

"하앗!"

이스카는 검을 푹 찔러넣고 마탄에 올라탔다.

그것을 공중 발판으로 삼아.

"아앗?!"

마녀의 입에서 비명이 흘러나왔다.

인간이 아닌 존재가 되었을 때부터 결락되었던 공포라는 감정이 문득 거품처럼 솟아올랐다. 저 제국 검사가 무엇을 노리는지 눈치챘으므로.

닿을 수 있다——.

머나먼 밤하늘 위에 떠 있는 마녀에게, 제국 검사의 칼끝이 닿을

방법이 있었다.

"칫, 교활하구나!"

세 번째. 이어서 네 번째 공격.

그러나 그것은 최초의 탄환에 비해 규모도 작고 속도도 느렸다. 왜냐하면『시체의 마탄』은 일격필살의 비기이므로. 애초에 두 번째 공격은 상정하지 않은 것이다.

……두 번째 이후의 탄환은 파편의 파편을 뭉쳐놓은 것.

……탄환을 구성하는 잔해의 양도 줄어들어서 가볍다. 그래서 속도도 느리다.

그렇기 때문에.

맨 처음에 모든 잔해들을 모아서 한꺼번에 발사해야 했다. 설령 상대에게 명중하지 않아도, 그 여파만으로도 상대를 끝장내버릴 정도로 위력을 확 끌어올렸어야 했다.

느렸다.

이스카는 방금 올라탄 탄환을 허공에서 걷어차고, 세 번째 탄환을 노리고 검을 휘둘렀다. 한때 빌딩 파편이었던 사물에다가 검을 꽂아 고정시키고.

날아올랐다.

네 번째 마탄을 뛰어넘어, 허공에 떠 있는 마녀를 향해———.

"하하, 네가 스스로 성염에 타 죽으려고 뛰어드는구나!"

비소와즈는 위로 점프한 이스카를 내려다보면서 손을 앞으로 내밀었다. 거기서 생겨난 보라색 빛이 일순 강렬하게 밤하늘을 비췄다.

"자, 성염이여———."

"해방시켜라."

화염과 화염이 부딪쳐 사라져버렸다.

"……어?"

마지막에 무슨 일이 일어났는지.

마녀는 이해하지 못했을 것이다. 자신이 방출한 화염이, 이스카의 성검에서 나온 화염과 정면충돌하여 상쇄된 그 순간을.

백의 성검——.

그것은 흑의 성검으로 소멸시킨 성령술을 이스카의 명에 의해 해방시킨다.

"…………대체…… 무슨…… 짓을……."

마녀 비소와즈가 이해한 것은.

패배했다는 사실.

성염이 삭제되고, 비기인 『시체의 마탄』이 오히려 적에게 발판으로서 이용당했다는 사실.

"우리 히드라 가문에 도전하는 거야? 너 이 자식…… 진짜 악몽을 경험하고 싶은 거냐…………! 너는 모를 테지만, **나보다 더 무시무시한 『괴물』**———."

검이 번뜩였다.

——이스카의 검이 투명한 마녀의 육체를 갈랐다.

솟구치는 빛의 입자.

피가 아니었다.

마녀 비소와즈의 피부에서 터져 나온 것은 물보라처럼 자잘한 빛의 알갱이. 그것은 성령 에너지의 빛이었다.

"………………."

낙하하는 비소와즈.

의식을 잃은 저 마녀는 제대로 착지하지도 못할 것이다. 몸을 가누지 못하고 그대로 돌바닥에 처박힐 운명――.

"린."

"부르지 마."

흙으로 된 골렘이 받아냈다.

약 3미터는 되는 거인이 손을 뻗어서 낙하한 마녀를 한 손으로 받아낸 것이다.

"너한테 명령 받을 이유는 없어."

밝은 갈색 머리카락을 지닌 소녀. 그녀는 지상으로 떨어지는 이스카를 쳐다봤다.

"너에게 내 존재를 들킨 것은 분하지만…… 그래, 넌 원래 그런 놈이지. 제국 검사. 몇 번 위기에 처하긴 했어도 결국 이런 괴물까지 해치우는구나."

"――――――――아, 아얏?!"

쿵.

20미터 이상의 높이에서 자유 낙하 한 이스카는 그대로 돌바닥에 처박혔다.

그 옆에 우두커니 서 있는 골렘.

"야, 나는?! 나도 같이 받아줘야 하는 거 아냐?! 당연히 골렘이 손으로 받아줄 줄 알았는데!"

"쳇. 안 죽었군."

"……쳇이 뭡니까, 쳇이."

"착각하지 마라. 너와 앨리스 님이 대립하는 이상, 내가 너를 도와줄 이유는 없다. ……그리고 이게 부드럽게 받아준 것처럼 보이나?"

골렘이 안고 있는 마녀 비소와즈.

아니——안고 있는 것이 아니었다. 강한 완력으로 꽉 쥐어서 구속하고 있었다. 다시 정신을 차려도 결코 도망치지 못하도록.

"어때? 너도 받아줄걸 그랬나?"

"……아뇨, 사양하겠습니다."

"흥."

낯을 찌푸리는 앨리스의 시종.

그 시선 끝에서는 성령 에너지를 죄다 방출해버린 마녀가 다시 인간 소녀의 육체로 되돌아가고 있었다.

자객으로서 입고 온 의복은 홀랑 타버렸다.

골렘의 팔로 가려진 저 몸은 아마 실오라기 하나 걸치지 않은 알몸일 것이다.

"히드라 가문의 이단 심문관 비소와즈. 내가 아는 한, 중력의 성령을 사용하는 평범한 인간이었을 텐데. ……너와 싸운 괴물이 뭐였는지는 나도 몰라. 상상도 못 하겠어. 과연 인간일까, 아니면 진정한 괴물일까."

"그걸 나한테 가르쳐줘도 돼?"

"혼잣말이다. 너한테 해준 말이 아니야."

소녀가 반대쪽으로 고개를 홱 돌렸다.

"……거짓말은 아니다. 나도 지금 내가 본 것을 믿지 못하겠어. 이렇게 말로 표현해서 나 자신에게 들려주지 않으면, 내가 내 눈을 의심하게 될 것 같아."

"그건 걱정할 필요 없지 않을까? 이 꼴을 보면."

흔적도 없이 모조리 가루로 변해버린 골목.

좌우에 있는 콘크리트 벽은 산산이 부서졌고, 시체의 마탄의 여파로 인해 건물의 창문은 하나같이 완전히 박살이 났다.

군데군데 녹아내린 파편. 그것은 성염에 휩싸인 증거였다.

"견해의 차이군. 이건 원하던 증거가 아니야."

린은 애매한 표정을 지었다.

"이 여자가 히드라 가문 전체의 의지에 따라 행동했다. 그걸 명확히 보여주는 증거가 있으면 좋았을 텐데. 괴물이라는 증거 말고."

"혹시 그 증거를 얻으려고 나를 감시했던 거야?"

"아니다. 나는 어디까지나 시스벨 님을 관찰하라는 앨리스 님의 명을 받았을 뿐이다. 시스벨 님의 목숨을 노리는 놈이 존재하는 이상, 제국군에게 모든 것을 맡겨놓을 수는 없으니까."

"……그렇구나. 앨리스다운 선택이네."

쓴웃음일까, 한숨일까.

입술에서 흘러나온 숨결에 담긴 감정. 그것이 무엇인지는 이스카 본인도 몰랐다.

"네뷸리스 황청의 사정이 복잡하다는 것은 나도 어렴풋이나마 눈치챘어."

언니인 앨리스는 동생인 시스벨을 도와주고 싶어 한다.

그러나 동생은 언니가 가면 경과 몰래 손잡았을지도 모른다고 의심하고 있다. 그래서 앨리스도 당당하게 동생을 도와주지 못하는 것이리라.

"아무튼———어? 이 가루는 뭐야?"

문득 린이 고개를 들었다.

머리 위로 내려오는 자잘한 가루. 린이 의아하다는 듯이 그것을 손가락으로 붙잡더니, 뭔가 눈치챈 것처럼 뒤를 돌아봤다. 그리고 그 순간 얼어붙었다.

조금씩 떨어지는 파편.

낡은 건물 밑에서부터 옥상에 이르기까지, 소름 끼칠 정도로 커다란 균열이 생겨나 있었다. 자세히 보니 건물 전체가 비스듬히 기울어져 있었다.

"붕괴되나?! 린, 건물이 무너진다! 골렘으로 받쳐!"

"자, 잠깐만! 골렘은 그렇게 뚝딱 만들어낼 수 있는 게 아니야!

제국 검사, 너야말로 어떻게든 해봐! 이런 건——."
"얼어라."
얼음 덩굴이 달라붙었다.
건물의 균열이 즉시 얼음덩어리에 의해 덮이고 채워졌다. 그리고 지면에서 솟아난 거대한 빙벽이 무너지려던 건물을 밑에서 받쳐 고정시켰다.
이게 누구의 기술인지. 모르는 사람은 여기 한 명도 없었다.
"앨리스 님!"
린이 고개를 꾸벅 숙이더니.
저 건물 안쪽에서 뛰어오는 주인을 향해 외쳤다.
"앨리스 님, 이거 보세요. 제가 방금 시스벨 님을 노리던 자객을 멋지게 구속했습니다. 저의 활약상을 봐주세요!"
"우와, 거짓말쟁이!"
"……헉……후……우, 휴…… 도, 도대체 무슨 일이 있었던 거야?"
윤기 나는 금빛 머리카락을 휘날리는 앨리스.
어지간히 급히 뛰어왔나 보다. 목소리도 띄엄띄엄 흘러나왔다.
"자객이 누군데? 아까 그 폭발은 뭐였어? ……그리고 이스카. 넌 왜 여기 있는 거야? 내 동생은 어쩌고?"
"내 동료가 보호해주고 있어. 그런데……."
앨리스가 뛰어온 방향에서.
여러 사람의 발소리가 계속해서 들려왔다. 아마 경비대 지원군이 출동했나 보다.

“들키면 일이 복잡해지니까 난 이만 가봐야겠어. 마녀는 너한테 맡길게.”

“이, 이스카, 기다려! 마녀라니…… 앗, 비소와즈?!”

린의 골렘이 붙잡고 있는 소녀.

기진맥진하여 축 늘어진 그 얼굴을 본 순간, 앨리스는 경악하여 떨리는 목소리로 말했다.

“이 애는 히드라 가문의 일원이잖아? 그럼 여왕 습격 사건의 주모자는…….”

“그쪽의 내란은 나하고는 상관없어. 그 녀석이 시스벨을 노렸기 때문에 난 호위병으로서 싸웠을 뿐이야.”

“……응. 맞아, 그랬지.”

앨리스는 씁쓸하게 마녀 비소와즈를 쳐다봤다.

그런데 그 눈이 휘둥그레졌다.

“잠깐만, 이스카. 나 지금 중요한 사실을 발견했어!”

“뭐?”

“이 아이, 왜 벌거벗고 있는 거야? 이건 간과할 수 없는 문제야!”

“그게 문제야?!”

비소와즈는 외모를 숨기는 옷을 입고 있었다.

그러나 그 옷은 성염에 휩싸여 다 타버렸고, 육체도 완전히 변했다. 아마 앨리스는 그런 마녀의 모습은 상상도 못 할 것이다.

“……역시 이건 간과할 수 없어. 이스카, 잘 들어. 너에게 해둘 말이 하나 있어.”

앨리스는 뭔가 결심한 표정으로 이쪽을 돌아봤다.

"내가 작심하고 벗으면 이 아이보다 훨씬 더 굉장하거든?!"

"그게 무슨 작심이야?!"

"앨리스 님, 제정신이세요?!"

이스카와 린이 사이좋게 동시에 비명을 질렀다.

그 비명을 이끌어낸 장본인인 앨리스는 새빨개진 얼굴로 숨을 거칠게 쉬면서 말했다.

"이, 이건 중요해. 나는 네 앞에서 절대로 지고 싶지 않아. 그게 어떤 일이든지…… 무, 물론, 방금 그건 좀 민망했지만."

"……그걸 들은 나도 민망했어."

"아, 아무튼! 됐으니까 넌 빨리 내 동생이나 지키러 가!"

"뭐야, 네가 나를 붙잡았잖아?!"

적국의 왕녀에게 꾸중을 듣고 나서.

이스카는 경보음이 울려 퍼지는 골목길로 후퇴했다.

Continued

『달과 별과 태양의 춤』

the War ends the world /
raises the world

1

네뷸리스 왕궁——.

밤하늘을 찌를 듯이 길게 솟아오른「달의 탑」. 시조의 말예인 조아 가문의 관저. 이곳에서 일하는 사람들은 모두 다 조아 가문의 사상에 심취한 시종들이었다.

달의 탑 4층.

네 겹의 벽으로 차단된 밀실『달그림자』에 모인 남녀 여섯 명. 그리고 여섯 명의 인간들 틈에 섞인 이질적인 존재. 그것은 바닥에 누운 짐승이었다.

성수(星獸) 카벙클.

석류처럼 진한 빨간색 모피가 인상적인 여우 같은 생물. 본디 별의 깊숙한 안쪽에 서식하면서 결코 지표면으로 나오지 않는 존재. 인간이 길들일 수 없는 생물.

그렇게 알려져 있었다.

"옳지, 좋아. 착하다. 용케 냄새를 잘 맡았구나. 음, 그래…… 여왕의 방에서 폭발을 일으킨 범인은 히드라 가문이 틀림없나 보군."

조아 가문의 『조련사』만은 예외였다.

이곳에 성수를 기르는 노파가 있다는 사실은 여왕 네뷸리스 8세조차도 모르는 조아 가문의 비밀이었다.

——성수 카벙클은 성령 에너지의 냄새를 추적할 수 있다.

경찰견과 마찬가지였다.

그리고 이 성수는 며칠 전에 있었던 여왕 암살 계획의 범인을 이미 냄새로 알아냈다.

"아가. 웬일로 너답지 않은 실수를 했구나. 여왕 암살 용의자로 지목되다니."

"후후, 아주 신랄한 한마디네요. 큰할머님."

벽에 기대어 선 가면경이 대꾸했다.

"그때는 제가 순순히 구속되는 것이 더 재미있을 것 같았어요. 단지 그렇게 생각했을 뿐입니다. 어차피 이 녀석(성수)이 있으면 진범은 금방 알아낼 수 있잖아요. 하긴, 애초에 예상은 했었습니다만."

"탈리스만 경, 그럼 조아 가문은 어떻게 하고요?"

"이 중대한 일은 제가 맡도록 하겠습니다. 제가 직접 조아 가문을 심문하도록 하죠."

히드라 가문의 당주 「파도」 탈리스만——.

그 기회주의자는 평소에는 루 가문과 조아 가문 사이에서 중립을 지키는 입장이다. 그런데 이번에는 돌연 적극적인 태도를 보였다. 그 시점에서 가면 경은 이번 사건의 전모를 파악했다.

"히드라 가문이 출격했네요. 100년 가까이 물밑에 조용히 숨어 있던 파벌이 여기서 콘클라베에 뛰어들기로 한 겁니다."

가면 경이 이야기했다.

여섯 사람들의 중앙에 있는 휠체어를 탄 노인을 향해.

조아 가문의 당주인 「죄」 그로울리.

——매우 특수한 역습 스타일의 성령을 보유한 성령술사.

이미 일흔이 넘은 노인이었다. 과거에 제국군과 싸우다 부상을 당해 두 다리는 더 이상 움직이지 않았다. 그러나 그의 안광은 지금도 생기로 가득 차 있었다.

"제군. 이것은 우리에 대한 도전인가?"

쉰 목소리가 울려 퍼졌다.

"우리는 분노를 품고 봉기하여 침착하게 보복할 것이다. 밀라베어 루 네뷸리스 8세가 퇴진한 후, 콘클라베에서 우리가 상대해야 할 적은 세 자매뿐이라고 생각하여 방심하고 있었다. 히드라 가문이 입후보할 가능성 따윈 상상조차 하지 않았다."

"네, 그렇습니다."

가면 경이 이어서 말했다.

"히드라 가문은 과감한 수법을 썼습니다. 여왕 암살을 기도했다는 누명을 우리에게 뒤집어씌워서 우리 가문을 콘클라베에서 탈락시키려고 했어요. 아주 강렬한 양날의 검 같은 계책이었습니다."

그만큼 자신 있다는 뜻이리라.

여왕 암살 계획이 실패해도 어차피 자기들이 이길 거라는 확신이 느껴졌다.

"다음 콘클라베는 틀림없이 역사상 가장 치열한 격전이 될 것입니다. 가장 유력한 여왕 후보가 루 가문의 제2왕녀라는 것은 틀림없는 사실이죠. 그러나 히드라 가문이 어떻게 움직이느냐에 따라서, 이건 우리에게도 좋은 기회가 될 수 있습니다."

가면 경이 손을 내밀었다.

그 손이 조그만 소녀의 까만 머리카락을 쓰다듬었다.

"그렇지? 키싱."

"…………."

가시 순혈종 키싱 조아 네뷸리스――.

인형 같은 드레스를 입은 소녀는 전에 이스카와 대면했던 때와 마찬가지로 안대를 써서 두 눈을 가리고 있었다.

"그 안대도 슬슬 벗을 때가 올 거야."

"……정말?"

"정말이지. 마음껏 네 능력을 발휘해도 돼."

가면 쓴 남자가 온화한 목소리로 말했다.

"제국을 멸망시키기 전에. 필요하다면 별과 태양을 정화해야지. 이제는 달이 빛나는 시대다."

2

밤이 끝나고 날이 밝았다.

벌써 40년째이다.

변치 않는 황청의 풍경. 이 중앙주의 정연한 시가지가 아침노을을 받아 물드는 이 시간대의 풍경은 밀라베어 루 네뷸리스 8세가 지금까지 쭉 보아온 것이었다.

네뷸리스 왕궁「여왕의 방」——.

간밤에 완전히 식어버린 실내는 숨결이 하얗게 흐려질 정도는 아니지만, 드레스 하나만 입고 있기에는 다소 추웠다.

"……그 시절에는 그렇지도 않았는데."

추워서 소름이 돋은 자신의 피부.

그것이 노화의 증거란 것은 알고 있었다. 그리고 상상해본 적도 없었다.

자신이 아직 10대 초반이었던 시절.

그때는 아무것도 두렵지 않았다. 소녀로서, 또 전장에 나서는 성령술사로서 전성기를 누리던 시절. 그저 조국을 위해 열심히 싸웠었다.

다만 유일한 예외는——.

"**밀라**. 너는 여왕이 될 만한 인간이 아니야."

"이유가 뭐죠? 샐린저. 어째서…… 그런 말을 하러 여기까지 온 겁니까!"

"너는 어리석어. 완벽하게 냉혹해지지 못해. **완벽한 마녀가 되지 못해.**"

"……아니, 그만 생각합시다."

이미 30년 전의 일이다.

나는 이제 소녀가 아니라 어머니이다. 그리고 여왕이다.

그날 여왕의 방에서──.

마인 샐린저와 나눈 대화. 그때 펼쳐진 사투를 떠올리는 것은 그만두자.

지금은 단지.

여왕으로서 두 가지 일에 집중해야 한다.

첫째, 제국군과의 교전. 이건 여전히 똑같은 방침으로 행한다.

둘째, **앨리스리제 여왕**의 대관식을 거행함으로써 이번 콘클라베에서 승리한다.

후자는 아무에게도 말하지 않았다.

그저 굳게 결심했을 뿐이다.

"미안해요. 일리티아. 시스벨. 당신들이 우수한 인재라는 사실은 내가 잘 압니다. 그러나 그건 여왕의 자질은 아니에요……."

여왕은 강해야 한다.

제국군의 자객이 나타나도 자기 몸을 지킬 수 있는 능력이 필요하다. 이 조건을 만족시키는 성령술사는 세 자매 중 오직 앨리스리제밖에 없었다.

일리티아도 시스벨도 전투에 어울리는 성령을 보유하지는 못했다.

특히 장녀의 성령은 「가장 약한 것」이었다. 그냥 약한 수준이 아니라 도움이 안 된다는 소문이 왕궁 내에서 공공연하게 떠돌 정도였다.

"하지만 괜찮아요. 당신들은 훌륭한 숙녀니까. 부디 여왕 보좌관으로서 앨리스를 잘 도와주세요……."

그 목표를 위해서라도 방해자는 배제해야 한다.

여왕의 방에서 쿠데타를 일으키려고 했던 자들을 찾아내서 왕가에서 내쫓아야 한다.

"…………."

달그락.

딸칵.

네뷸리스 8세가 서 있는 홀. 곳곳에서 돌멩이 부딪치는 소리가 났다. 지금만 이러는 것이 아니었다. 이 소리는 하룻밤 내내 울려 퍼졌다.

재생되는 벽.

이 성은 100년 전 성령의 힘으로 건축된 『별의 요새』다. 벽에는 미세한 성령들이 서식하고 있어서 성령 에너지가 차오르면 자동으로 망가진 부분을 수복한다.

"그런데 이러면 폭발의 흔적도 사라질 테죠."

범인은 이 사실을 알고 있었다. 자동 수복이 됨으로써, 범인의 수법이나 폭탄의 종류도 알아내지 못하게 되는 것이다.

……앨리스가 보고한 내용. 시스벨을 노린 자는 비소와즈.

……그렇다면 여왕 습격 계획을 세운 주모자는 히드라 가문인가?

그러나 증거는 이내 사라져버릴 것이다.

아이러니하게도 이 방의 완전 재생에 의해서 사라지는 것이다.

"시스벨. 그래서 당신이 필요합니다. 꼭 무사히 돌아와야 해요."

제3왕녀 시스벨의 귀환.

그것이 네뷸리스 여왕의「승리 조건」. 그것은 곧 성취될 것이다.

"다음 콘클라베에서도———."

3

"『별(루)』이 승리한다——고 확신하고 있을 테지. 여왕은."

"시스벨이 돌아오기만 하면?"

"맞아. 바로 그 이야기를 하고 싶었어. 자네가 마침 적당한 때에 찾아온 거야."

의자에 몸을 푹 파묻고.

도자기 커피 잔을 마치「건배」하는 것처럼 들어 올리면서. 강인해 보이는 중년 남성이 밝은 목소리로 말했다.

히드라 가문의 당주,「파도」탈리스만.

눈부신 아침 햇살이 비치는 테라스에서 그는 아주 격식 있는 순백색 양복을 멋지게 입고 있었다. 뚜렷한 이목구비와 잘생긴 얼굴. 탁한 은빛 머리카락을 깨끗이 정돈한 외모. 나이 마흔이 되어 절정에 다다른 남성미가 넘쳐흐르고 있었다.

그러나.

이 남자의 남성미도, 「태양의 탑」의 테라스에 나타난 그녀 앞에서는 빛이 바래고 말았다.

"안녕하신가. 일리티아 군."

"안녕하세요. 탈리스만 경. 아침 다과회에 초대해주셔서 감사합니다. 영광이에요."

제1왕녀 일리티아가 미소 지었다.

아침 햇빛을 받아 반짝반짝 빛나는 에메랄드그린 색깔의 머리카락은 그 어떤 보석보다도 매혹적이었다.

투명한 피부는 진주색. 넓게 파인 옷의 가슴팍에서는 풍만하게 성숙해진 가슴 사이의 깊은 골짜기가 노출되어 있었다.

"홍차를 준비할까? 아니, 아직도 물만 마시나?"

"따뜻한 물을 마시고 싶네요."

"그래. 그렇다면 최고의 물을, 영봉(靈峰) 디아나의 눈 녹은 물을 준비하도록 하지. ……이봐, 물을 가져와."

탈리스만의 뒤에 서 있던 시종이 가볍게 인사를 했다.

그 시종이 떠나간 후.

"――그러고 보니."

일리티아는 우아하게 앉았다.

양복 입은 신사의 맞은편에.

“어젯밤 제8주에서 축제가 벌어졌다고 들었는데요. 탈리스만 경. 혹시 예의 그겁니까?”

“그 아이는 실패한 것 같더군.”

커피 잔에 입을 대는 당주.

긴장이나 분노를 숨기려는 기색은 없었다. 그 침착한 음성을 들으면, 마치 평범하게 식후의 커피를 즐기면서 잡담이나 하는 것 같았다.

“자네 여동생은 상당히 우수한 호위병을 데리고 있는 모양이야. 설마 비소와즈가 역습을 당할 줄은 몰랐는데. 이거 한 방 먹었군.”

“우수한 호위병이요? 어머, 그건 저도 처음 듣는 이야기네요.”

시종이 가져다준 컵을 받아든 일리티아가 의아하다는 듯이 눈을 깜빡거렸다.

총명하다고 소문난 이 왕녀가 이런 반응을 보이다니. 신기한 일이었다.

“흠, 아무튼 어쩌면 좋을까. 비소와즈를 어떻게 하지? 그 아이의 몸을 조사해보면 이것저것 밝혀질 텐데.”

“그냥 모르는 척하시는 것이 좋지 않을까요?”

“흐음?”

“비소와즈의 육체를 살펴봐도 『제국의 피험자 Vi』라는 정보까지 알아내진 못할 겁니다. 그보다도 그녀를 옹호하면, 여왕이 당신을 의심할 수도 있어요. 물론 조아 가문도 그렇고요."
따뜻한 물로 입술을 축이더니.
루 가문의 장녀가 섹시한 한숨을 뱉으며 말을 이었다.
"조아 가문 사람들은 다들 집념이 강합니다. 어쩌면 저도 이제는 가면 경에게 의심받고 있을지도 몰라요. 아아, 무서워라."
"그게 자네의 스타일이잖아. 숙명이니 어쩔 수 없지."
커피 잔을 받침접시에 내려놓고.
양복 입은 신사가 다리를 꼬았다. 그리고 살짝 앞으로 상체를 숙였다.
"팔방미인이라는 말이 있지. 누구에게나 애교 있게 잘 대하지만, 그래서 오히려 누구에게도 신용 받지 못하는 사람."
"네, 저도 알아요."
"자네는 몇이지?"
"셋입니다."
아름다운 숙녀가 똑같이 찻잔을 테이블 위에 내려놓으면서 대답했다.
"제국과 조아와 히드라. 아, 그래요. 비율로 따지면 4:1:5 정도예요."
"…………."
"왜 그러시죠?"
"그 대담함이 참 자네답군."
당주 탈리스만이 훗 하고 실소를 흘렸다.

"참고로 루 가문은 거기에——."

"어머나, 왜 그러세요. 탈리스만 경. 제가 방금 말씀드린 것이 진실이에요."

기쁜 듯이.

진심으로 기쁜 듯이, 상기된 뺨에 손을 대고 미소 짓는 마성의 미녀.

"그나저나 당신께서 신경 쓰시던 일. 시스벨에 관한 이야기인데요."

일리티아는 변함없는 미소를 지으면서.

여동생의 이름을 태연하게 입에 올렸다.

"그 아이가 이곳으로 돌아온다면 약간 입장이 불리해질 테죠. 저도, 당신도."

"맞아. 특히 여왕의 방에서 있었던——."

"네, 그래서 제가 제 동생의 목에 목줄을 채울까 하는데요. 이 일을 저에게 맡겨주실 수 없나요?"

"자네가 하겠다고?"

탈리스만이 한쪽 눈을 가늘게 떴다.

이건 히드라 가문의 당주도 예상치 못한 일이었다. 지금까지 철저히 무대 뒤에서만 움직이던 제1왕녀가 그녀답지 않게 이토록 적극적인 말을 꺼내다니.

"저는 그 아이를 가장 잘 알고 있으니까요."

풍만한 가슴에 손을 대더니.

자애로워 보이는 온화한 눈빛으로 입을 열었다.

"탈리스만 경. 그 아이에게는 훌륭한 호위병이 있습니다. 비소와즈를 쓰러뜨린 호위병. 이 상황에서 그 아이를 절망의 구렁텅이에 빠뜨릴 방법이 뭔지 아시겠습니까?"

"그 호위병을 먼저 처리하는 것? 아니, 그건 너무 상투적인 수법인가."

"그렇죠."

"그럼 뭔데?"

"그 호위병을 동생에게서 빼앗아버리는 겁니다."

속삭이듯이. 코앞에 있는 탈리스만에게도 거의 들리지 않을 정도로 조그만 목소리로 중얼거렸다.

"이스카…… 전직 사도성 이스카. 한번 만나보고 싶어."

"이스카?"

"아, 혼잣말이었으니 신경 쓰지 마세요. 즐거울 때에는 저절로 혼잣말을 많이 하는 것이 버릇이거든요."

"호위병을 빼앗는다고? 돈으로 매수한다는 건가?"

"수단은 지금부터 생각해봐야죠. 그걸 생각하는 것도 재미있을 테고, 그것이 내 장난감이 된다면 참 좋을 텐데. ……어머, 어쩌나. 제가 말을 너무 많이 했네요."

쑥스러운 듯이 수줍게 웃었다.

그 싹싹한 미소만으로도 이 세상 남자들은 물론이고 어린 소녀의 마음까지 사로잡을 수 있을 것이다. 이 왕녀는 그 정도로 아름다웠다.

"어쨌든 치사하잖아요. 어머니와 둘째 딸은 강력한 성령을 보유했고. 셋째 딸도 좋은 성령을 가졌는데 심지어 강한 호위병까지 얻었어요. 그런데 **나만 아무것도 가진 것이 없잖아요**."

"흐음? 그건 언니로서의 대항 심리인가?"

"이 세상을 즐기는 비결이지요. 질투도 분노도 갈망도, 그 어떤 격정도 다 가슴속에 품고 살아가고 싶어요. 저는 저 자신을 즐겁게 해주고 싶어요."

여유로운 반응을 보여주는 당주 탈리스만.

그러자 에메랄드 빛깔의 머리카락을 지닌 미녀는 입꼬리를 끌어올리며 웃었다.

"마녀는 원래 그런 존재잖아요?"

Epilogue
『마녀의 관』

the War ends the world /
raises the world

1

네뷸리스 황청 제8주 리스바텐.

미스미스는 차가운 새벽 공기 속에서 숨을 헉헉 몰아쉬면서 인파를 가르고 큰길 따라 뛰어가고 있었다.

어제는 그토록 고요했던 이 거리가 오늘은 딴판이 되었다. 통행인들이 많았다.

단, 그들은 일반인이 아니라 대부분 신문기자나 취재진이었다.

"헉, 헉…… 허억……! 서, 서둘러, 진 군, 네네, 빨리 오라니까?!"

"저기요~ 대장님. 그렇게 뛰면 넘어진다?"

"어차피 늦었어. 그 마녀를 태운 수송차? 그런 건 벌써 옛날에 출발했을걸?"

느긋하게 길을 걸어오는 네네와 진.

네네는 아침밥인 빵을 베어 먹고 있었고, 진은 손에 정보지를 쥐고 있었다.

"『리스바텐에서 원인 불명의 폭발 사고 발생. 중앙주에서 발생한 쿠데타와의 관계는?!』……이라는데? 뭐, 당연하지만 중요한 내용은 하나도 안 적혀 있어."

마녀 비소와즈라는 괴물——.

진, 네네, 미스미스 대장이 목격했던「인간이 아닌 존재」는 전혀 언급되지 않았다.

정보를 입수하지 못했기 때문일까, 아니면 정보 규제 때문일까.

"제국군이 순혈종이라고 부르는 존재는 아닙니다."

"네뷸리스 직계의 먼 혈족인 아이가 히드라 가문에 양녀로 입양된 거죠."

어젯밤에 시스벨이 그렇게 말했다.

"먼 혈족인지 뭔지는 몰라도 아무튼 그 마녀는 네뷸리스 왕가와 관련되어 있어. 그런 녀석이 우리들의 호위 대상을 노린 거야."

"지, 진 오빠, 누가 들으면 어쩌려고 그래?!"

"이름만 말하지 않으면 돼. 저거 봐. 경비대도 나 같은 놈한테는 신경도 안 써."

사람들은 어제 폭발이 발생한 골목으로 향하고 있었다.

이스카와 마녀 비소와즈가 사투를 벌인 장소. 그곳에 거대한 구덩이가 생긴 것이 대사건으로 보도되었다.

"그런 의미에선 허를 찌르는 짓이군. 이 새벽에 그 녀석을 연행하는 수송차가 출발하다니. 뭐, 우리가 그걸 봐봤자 아무 의미도 없지만."

"그, 그래도…… 진 군, 넌 걱정도 안 돼?! 엄청 무시무시한 괴물이잖아. 혹시나 수송차에서 도망쳐서 또 우리를 공격하러 오면……."

그래서 보고 싶었다.

적어도 그 차가 무사히 출발하는지는 확인하고 싶었다. 미스미스도 그 마녀를 본 이상, 아무래도 신경 쓰지 않을 수 없었다.

"이스카가 한발 앞서 갔잖아."

"그, 그러니까 우리도 가야지! 내가 대장이니까 제대로──."

앞을 보지 않고 직진.

그런 미스미스의 코앞에 누군가가 불쑥 나타났다. 저 안쪽 십자로에서 튀어나온 보행자였다.

"앗, 대장님! 앞에 사람이……."

"응? …………으, 으악!!"

충돌 사고.

상대의 팔꿈치에 미스미스의 코끝이 부딪쳤다. 미스미스는 비명을 지르면서 비틀비틀 뒷걸음질 쳤다.

"아, 아야…… 내 코, 코뼈 부러질 뻔했어……."

"이봐, 꼬마야."

"허, 허억?! 아, 저기. 죄송합니다!"

상대가 확 째려보자 미스미스는 허둥지둥 그를 쳐다봤다.

꼬마──아마 겉모습만 보고 그렇게 판단한 것이리라. 그 남자는 몸집이 잡고 얼굴도 동안인 미스미스와는 정반대로 눈에 띄게

키도 크고 체격도 좋은 미장부였다.

약간 뻣뻣해 보이는 백발. 늠름하고 이목구비가 뚜렷한 하얀 얼굴.

잘 나가는 모델이 잡지 촬영이라도 하는 건가?

미스미스가 그렇게 착각한 이유가 있었다. 그 남자는 잘 단련된 근육질 상반신 위에 두꺼운 코트 하나만 걸치고 있었기 때문이다.

"…………쳇."

그 미장부가 불쾌하다는 듯이 혀를 찼다.

"꼬마. 네 눈은 장식품이냐?"

"정말 죄송하————앗?! 저, 저, 가난해요! 제발 돈 달라고 하지는 말아주세요. 그 대신 불고기 할인권을 드릴게요! 이, 이거 받고 용서해주시면…… 아, 이건 제국 식당 할인권인가……?"

"보스, 왜 혼자 놀고 있어? 상대는 이미 갔는데."

"어, 어라?"

미스미스가 어리둥절하여 눈을 깜빡거렸다.

고개를 들어보니 그 남자는 눈앞에 없었다. 벌써 교차로를 건너 멀리 가버렸다.

"불고기 할인권은 필요 없나? 으음, 이상한 사람이네……."

"이상한 동물과 부딪쳐서 뭔가 불길함을 느끼고 도망친 거 아냐? 현명한 판단이지. 나라도 그렇게 했을 거야."

"진 군, 넌 누구 편이야?!"

"있잖아~ 대장님."

네네가 뾰로통해진 여대장의 어깨를 쿡쿡 찔렀다. 그리고 어깨를 으쓱했다.

"서두르지 않으면 늦을걸? 이스카 오빠도 먼저 가버렸잖아."

2

제8주 리스바텐 남서부, 도시 교외――.

번화가의 빌딩숲에서 좀 떨어진 곳. 낡은 가옥들이 있는 지역에 자리 잡은 경비대 본부에서는 이른 아침부터 대원들이 정렬해 있었다.

그들은 대형 호송차를 바라보고 있었다.

기물손괴 및 상해죄 현행범인 비소와즈를 태워서 이제 곧 중앙주로 끌고 갈 차량이었다.

"앨리스 님. 차는 준비됐습니다."

"…………."

"앨리스 님, 일어나셔야죠. 정신 차리세요."

"흐, 흐아암…… 저, 저기, 나 어제 하룻밤 내내 여기 본부장에게 사정을 설명해줬단 말이야. 잠을 못 잤어."

직립 부동 상태로 눈을 감은 채.

린이 옆에서 흔들자, 앨리스는 커다란 하품을 억지로 씹어 삼켰다.

"이해가 안 가. 왜 나한테 설명을 요구하는 거야? 불합리해. 비소와즈에 관해서는 린이 더 잘 알 텐데."

"범인 비소와즈를 체포한 사람은 앨리스 님이니까요. 당연히 앨리스 님이 사정을 설명하셔야죠."

"……어휴."

그래, 안다. 앨리스도 그건 알고 있었다.

시스벨을 공격한 범인을 격퇴한 사람은 이스카. 그러나 앨리스는 자기 동생이 제국 부대를 고용했다는 사실을 철저히『모르는 척』하고 싶었다.

여기서 이스카의 이름을 댈 수는 없었다.

그럼 누가 비소와즈를 체포한 영웅인가? 그만한 폭거를 저지른 괴물이니까. 앨리스가 체포했다고 하는 것이 가장 합리적일 것이다.

……루 가문의 주가도 오를 테고.

……어마마마의 목숨을 노리는 쿠데타에 대한 견제 효과도 기대해볼 수 있을 테지만.

이 지독한 수마가 문제였다. 그냥 서 있기만 해도 저절로 눈이 감겼다.

"앨리스 님, 홍차라도 가져다 드릴까요?"

"그런 것으로…… 흐아암…… 이 졸음을 쫓을 수 있을까…………쿨……."

"말하면서 주무시지 마세요."

린의 목소리가 점점 멀어졌다.

옆에서 말을 거는 것은 알았지만, 더 이상 머리가 그 소리를 소리로 인식하지 못했다. 무슨 말을 하는지 알 수가 없었다.

"아…… 이………… 시스벨…… 님…………."

"――――――."

그래도 시스벨의 이름은 알아들었다.

그러나 이미 한계였다. 그 외의 말은 하나도 들리지 않았다.

린이 무슨 말을 해도――――.

"어? 제국 검사다."

"어디어디어디?! 이스카! 이스카가 있다고?! 어디 있는데?!"

졸음이 싹 달아났다.

머리가 맑아졌다. 납덩이처럼 무거웠던 몸이 갑자기 깃털처럼 가벼워졌다.

"린, 이스카 어디 있어?"

"거짓말인데요."

"……………………………."

"앨리스 님, 강적과의 싸움을 열망하는 그 자세에는 저도 찬성합니다. 그러나 이런 말씀 드리긴 뭐합니다만. 조금만 자제해주세요."

퍼뜩 정신이 들었다.

주위에 있는 경비대원들도 돌연 앨리스가 큰 소리를 지르자 무슨 일인가 하고 이쪽을 주목하고 있었다.

"……차에 탈게."

"네, 알겠습니다."

부지 뒤쪽에 세워져 있는 왕족 전용차로 향했다.

목적은 비소와즈를 감시하는 것. 대형 호송차가 중앙주에 도착할 때까지 앨리스는 이 차를 타고 동행할 것이다.

……어차피 왕궁에는 돌아가야 한다.

……단지 시스벨보다 한발 앞서 귀환하는 것뿐이다.

그런데 평소와는 다른 것이 있었다.

이번에는 린이 동석하지 않았다.

"앨리스 님, 아무쪼록 주의해주세요. 저 차에 타고 있는 비소와즈는 앨리스 님께서 아시는 그 여자가 아닙니다. 진짜 괴물이에요. 비유적인 표현이 아니라."

"…………."

"제국 병사와 싸울 때의 모습은 그야말로 인간이 아니었습니다."

"이스카가 애먹었다는 것은 알고 있어."

시조 네뷸리스, 마인 샐린저와도 싸웠던 이스카가 고전을 했다. 그것만 봐도 저 여자가 얼마나 위협적인지는 알 만했다.

"탈주하면 전력으로 공격할 거야. 제국 병사를 상대하듯이."

"히드라 가문을 대할 때에도 그 마음가짐을 잊지 말아주세요."

"……그럴 거야."

비소와즈가 소속된 히드라 가문.

현재로선 여왕 암살 사건의 『범인』일 가능성이 가장 높은 존재였다.

"이번 쿠데타로 통감했어. 내가 어마마마 곁에 머무르면서 늘

그분을 지켜드릴 거야. 그러니 그동안 너는 내 동생을 지켜봐줘."
앨리스는 차에 올라탔다.
그리고 활짝 연 창문 너머로 손짓해서 시종을 부르더니 소곤소곤 귓속말을 했다.
"린, 내 말 잘 들어."
"네."
"내 동생이 이스카에게 접근하면 꼭 막아줘. 잊지 말고 나한테도 보고하고."
"그런 목적으로 지켜보라는 거예요?!"
"둘 다 중요한 목적이야."
시스벨의 신변도 진심으로 걱정하고 있고.
내 라이벌인 이스카를 빼앗기지 않도록 진심으로 신경 쓰고 있는 것도 사실이었다. 솔직히 말하자면.
……정말 이상한 딜레마야.
……뭐, 어쨌든. 시스벨 호위 임무가 종료되면 걱정할 필요도 없어질 테지만.
시스벨이 중앙주로 귀환할 때까지만 버티면 된다.
그러면 이스카와 시스벨을 이어주는 연결 고리도 사라질 것이다.
"린, 그럼 왕궁에서 보자."
"네. 앨리스 님."
왕족 전용차의 창문이 닫혔다.
고개를 깊이 숙여 인사하는 시종. 앨리스는 그 모습을 바라보는 데

열중한 나머지 미처 눈치채지 못했다.
움직이기 시작한 왕족 전용차 뒤편.
부지 바깥쪽에 지금 소년과 소녀 2인조가 찾아와 있다는 사실을.

"딱 맞춰 왔네요. 이스카, 저기 보세요."
경비대에 둘러싸인 대형 호송차가 움직이기 시작했다.
그 뒤에 다섯 대나 되는 장갑차가 따라가고 있었다. 저 호송차에 갇힌 범죄자가 그만큼 위험하다고 인식된 것이리라.
"비소와즈를 태운 차량일 거예요. 역시 제 예상대로 새벽에 출발하네요."
"응, 그러게. 태우는 모습은 못 봤는데…… 괜찮은 걸까?"
"괜찮아요."
변장한 시스벨은 건물 그늘 속에 숨어서 호송차를 뚫어져라 지켜보고 있었다.
"비소와즈가 탈주하지 않은 것은 분명히 확인했습니다. 뒷일은 루 가문의 이단 심문관에게 맡기면 돼요. 그리고 저도 저 자객에게만 신경 쓸 수는 없어요."
이스카의 소매를 꽉 붙잡고 놔주지 않았다.
그 손가락이 바들바들 떨리고 있었다. 어젯밤의 공포가 아직 사라지지 않았나 보다.

……하긴, 당연한가. 자신을 노리는 자객이 찾아왔으니까.

……게다가 그 자객은 인간이 아닌 괴물이었다.

두 번째 괴물이 등장할 가능성도 있었다.

조용히 지내면서 서둘러 중앙주로 갈 준비를 해야 한다.

"제가 성으로 귀환하면 이번 일은 해결될 겁니다. 여왕님을 공격한 범인도 등불의 성령으로 밝혀낼 수 있으니까……."

"시종의 연락을 기다리자는 거지?"

"네. 오늘 내로 슈바르츠가 여왕님과 대화할 수 있을 거예요. 완벽하게 중앙주로 갈 방법도 저절로 마련될 테고요."

시스벨이 돌아갈 길을 가리켰다.

——이제 그만 돌아가요. 경비대에게 들키기 전에.

그 의도를 이해하고 몸을 돌렸다. 이스카의 소매를 꼭 붙잡고 있는 시스벨과 함께.

"……이스카."

"응?"

"저 여자. 만만치 않은 상대였나요? 제국 사도성으로서 어떻게 생각하세요?"

"전직 사도성이야."

"깐깐하시네요. 네, 알았어요. 전직 사도성 님."

"……그 파괴의 흔적은 봤지? 한 번 더 붙으면 내가 100퍼센트 이긴다는 보장은 없어."

사실 그건 순혈종 전반에게 해당되는 이야기였다.

시조의 말예를 그리 쉽게 쓰러뜨릴 수 있다면, 제국과 황청이 이렇게 100년씩이나 계속 싸우고 있을 리 없었다.

"그런데 그건 실력 문제가 아니야."

"네?"

"성령술에는 상성이란 것이 있잖아. 단순한 실력 비교는 불가능한데——."

물론 상성도 존재하지만.

가시 순혈종 키싱이라면 틀림없이 그 『시체의 마탄』조차 소거할 수 있을 것이다.

앨리스도 『빙화(氷花)』로 대처할 수 있을 테고.

그러나.

이스카가 어젯밤에 느꼈던 중압은 그런 우열의 개념을 초월한 「무언가」였다.

"실력 이외의 어떤 부분이 불길하게 느껴졌어. 위화감이라고나 할까. '내가 지금 무엇과 싸우고 있는 거지?'라는 의문이 줄곧 사라지지 않았어."

전투에 집중하지 못했다.

그것은 이스카도 처음 경험해보는 것이었다.

"……그건 혹시 공포심인가요?"

"호위병이 이런 말 하면 너무 나약해 보이나?"

"…………아뇨……."

멈춰 서더니.

암암리에 그런 뜻을 전하는 것처럼 시스벨이 이스카의 손을 잡았다.

건물 그늘 속에서. 축축한 공기를 느끼면서.

"어젯밤에 말씀드렸잖아요. 저는 예전에 비소와즈 말고 다른 괴물을 목격했습니다. 그 일을 계기로 왕가를 믿지 못하게 된 거예요."

"응, 그랬지."

"그 괴물은 비소와즈보다도 더 무서웠어요……."

"……뭐라고?"

"보자마자 직감했습니다. 저건 인간이 아니구나, 하고."

마녀 공주가 그의 팔에 매달렸다.

어제나 엊그제와는 달랐다. 애교를 부리는 것이 아니었다. 그저 공포에 질린 소녀가 도움을 청하고 싶어서 누군가에게 매달리는 것이었다.

"똑같아요. 이스카, 저도 마찬가지예요. 그 『칠흑의 괴물』을 봤던 그날 밤부터 지금까지도 전율이 사라지질 않아요……."

"————."

"저는 두려워요. 어젯밤에 비소와즈가 나타난 것으로 이 일이 끝나지 않을 가능성. 실력이 문제가 아니에요. 실력으로 따지면 시조님을 능가하는 자는 역사상 존재하지 않을 거예요. 하지만, 그게 아니라…… 그보다 좀 더 악질적이고 뒤틀린 존재가…………."

허리에 매달리는 소녀.

이스카의 가슴에 얼굴을 묻은 채. 제3왕녀 시스벨은 필사적으로 오열을 삼켰다.

"진정한 의미에서 『마녀』라고 불러야 할 괴물이 어딘가에 있을지도 몰라요."

"자꾸만 그런 생각이 들어요……."

해후하기까지 남은 시간은 4일.

왕가에서 가장 약한 순혈종.

그런 관(冠)을 머리에 쓰고 있는 제1왕녀 일리티아와, 흑강의 후계자 이스카의 스치는 듯한 만남――.

그리고 이스카는 가장 이질적인 「마녀」를 알게 된다.

후기

자매 전쟁 발발, 낙원의 혼돈의 시작——.

네, 안녕하세요.

『너와 나의 최후의 전장, 혹은 세계가 시작되는 성전』(너와 나의 전장) 제5권을 읽어주셔서 감사합니다!

4권에서 마침내 출격한 제3왕녀 시스벨이 운명의 장난으로 인해 언니 앨리스와 얽히고설키는 이야기입니다.

그리고 이번 이야기의 주제는『모르는 척』.

이스카와 시스벨의 접촉을 모르는 척하려고 하는 앨리스와 린. 그리고 뒤에서 몰래 이것저것 획책하고 있는 장녀 일리티아. 모두들 말하고 싶어도 말할 수 없는 비밀을 간직한 채 자기 목적이나 야망을 위해 움직이기 시작했습니다.

장녀 일리티아도 표면에 나섰고요. 다음에는 드디어 세 자매가 한자리에 모일까요?

네, 그 다음 권은요.

· 일리티아, 접근(이스카 시점에서 볼 때).

· 앨리스와 시스벨, 위협(이스카 시점에서 볼 때).

· 세 자매 전쟁, 발발.

이렇게 세 가지 스토리로 구성해볼까 합니다. 그러나 아직은

플롯 단계이기 때문에 실제로는 어떻게 될지 모릅니다. 6권이 나오면 직접 확인해주세요.

이번에는 새 소식을 전하겠습니다.

우선 미디어믹스부터.

현재 영 애니멀이라는 잡지에서는 okama 선생님께서 그려주신 『너와 나의 전장』 만화가 연재되고 있습니다. 만화 버전으로 잘 변형된 작품이에요. 원작자인 저도 매번 다음 화를 기다리고 있습니다. 단행본은 아마 좀 더 기다려야 나올 텐데요. 그때는 꼭 알려드릴게요.

그리고 기쁜 소식이 하나 있습니다.

Bookwalker가 주최하는 『신작 라이트노벨 총선거 2018』에서 수많은 신작들 가운데 『너와 나의 전장』이 당당하게 제3위로 뽑혔습니다!

주요 라이트노벨 레이블의 신작(무려 수백 가지) 중에서 3위 안에 들어가다니. 정말로 기뻤습니다. 새삼 이것이 얼마나 축복받은 시리즈인지 느꼈어요. 투표해주신 여러분, 그리고 『너와 나의 전장』을 언제나 읽어주시는 분들께 진심으로 감사드립니다!

앞으로 더욱 흥미진진한 이야기를 보여드릴 테니까요. 계속 재미있게 봐주세요!

다음 6권은 아마 겨울에 나올 것 같아요.

드디어 시작되는 세 자매 전쟁(……일지 아닐지는 직접 확인해주세요). 집필 작업도 순조롭게 진행되고 있습니다. 간행할 날이 벌써부터 기다려지네요.

그리고 『너와 나의 전장』 6권이 나오기 전에 저의 또 다른 시리즈가 먼저 간행될 것 같습니다. 여기서 소개할게요.

● MF 문고 J

『어째서 아무도 나의 세계를 기억하지 못하는 걸까?』

제5권이 10월 25일 무렵에 간행될 예정입니다.

이쪽은 만화책 1권이 벌써 발매됐고요. 소설과 만화가 둘 다 인기를 얻고 있습니다.

『너와 나의 전장』이 『신작 라이트노벨 총선거』에서 좋은 반응을 얻었잖아요. 그래서 이 작품도 지지 않을 만큼 재미있게 열심히 써나가려고 합니다. 꼭 한번 체크해주시길 바랄게요!

끝으로 감사 인사를 드리겠습니다.

일러스트레이터인 네코나베 아오 선생님. 오랜만에 앨리스가 표지에 등장했는데요. 역시나 참 예쁘고 엄청나게 매력적이에요. 감사합니다!

그리고 담당자이신 K 편집자님. 소설 본편, 드래곤 매거진 단편, 더 나아가 만화책까지 모든 원고를 늘 꼼꼼하게 읽어주셔서 정말 고맙습니다. 든든해요. 이번에도 신세 많이 졌습니다!

검사 이스카와 마녀 공주 앨리스의 이야기——.

황청의 마지막 혈통도 드디어 참전했습니다. 다음 권은 더더욱 화려해질 거예요.

이스카와 마녀 세 자매가 서로 밀고 당기면서 한층 더 거대한 별의 운명을 끌어들이게 되는 제6권. 상당히 기합을 넣어 준비한 스토리입니다. 부디 기대해주세요!

그럼 다음에 또 만나요.

10월 25일 무렵에 발매되는『어째서 나』5권(MF 문고 J).

그리고 겨울에 발매될 예정인『너와 나의 전장』6권.

양쪽 모두에서 다시 만나길 기대하겠습니다.

낮에 내리는 비 소리를 들으면서, 사자네 케이

https://twitter.com/sazanek ※ 트위터에 수시로 간행 정보 등을 올립니다.

너와 나의 최후의 전장, 혹은 세계가 시작되는 성전
the War ends the world / raises the world

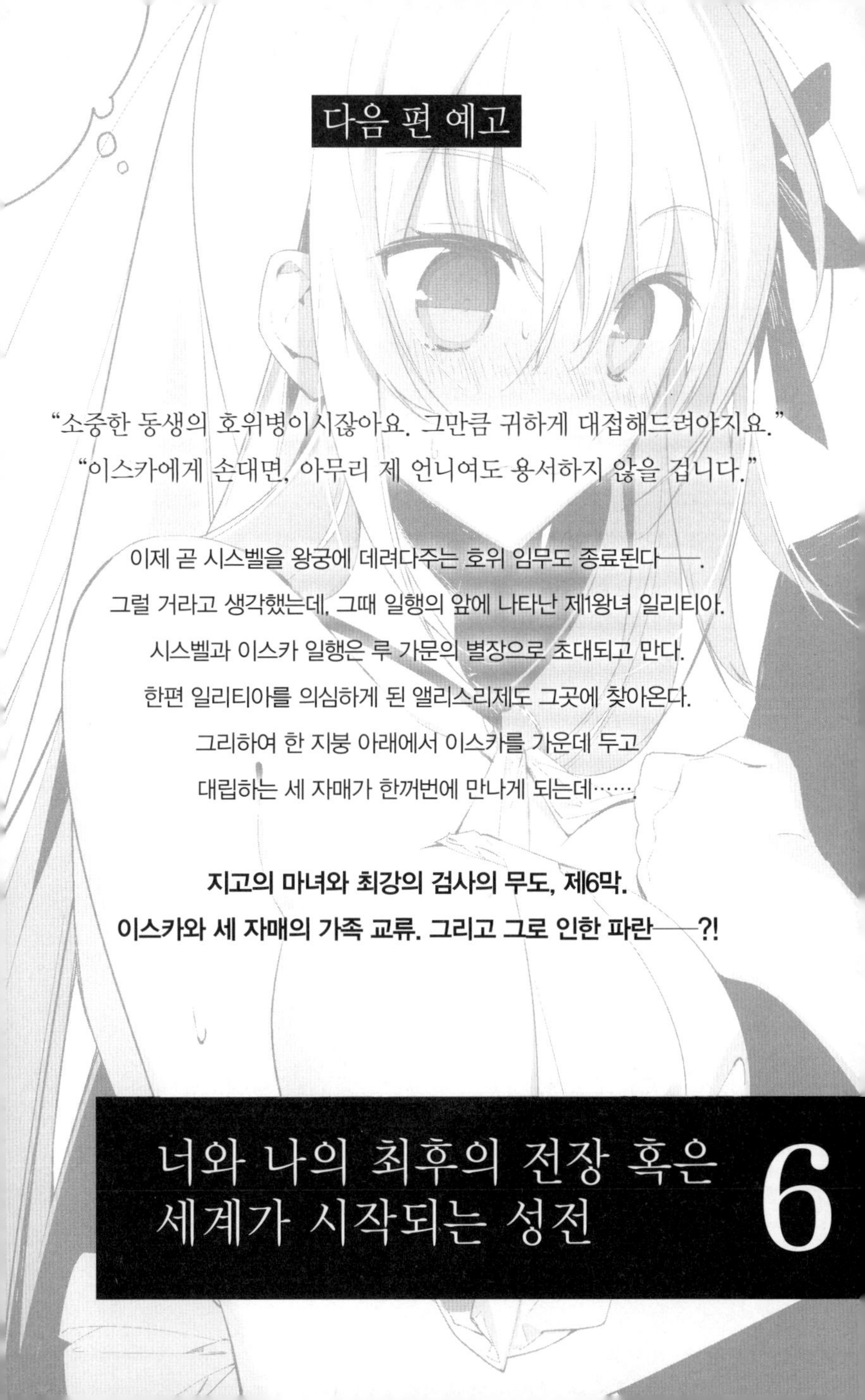

다음 편 예고

"소중한 동생의 호위병이시잖아요. 그만큼 귀하게 대접해드려야지요."

"이스카에게 손대면, 아무리 제 언니여도 용서하지 않을 겁니다."

이제 곧 시스벨을 왕궁에 데려다주는 호위 임무도 종료된다——.

그럴 거라고 생각했는데, 그때 일행의 앞에 나타난 제1왕녀 일리티아.

시스벨과 이스카 일행은 루 가문의 별장으로 초대되고 만다.

한편 일리티아를 의심하게 된 앨리스리제도 그곳에 찾아온다.

그리하여 한 지붕 아래에서 이스카를 가운데 두고

대립하는 세 자매가 한꺼번에 만나게 되는데…….

지고의 마녀와 최강의 검사의 무도, 제6막.

이스카와 세 자매의 가족 교류. 그리고 그로 인한 파란——?!

너와 나의 최후의 전장 혹은 세계가 시작되는 성전 6

너와 나의 최후의 전장, 혹은 세계가 시작되는 성전 5

2019년 2월 1일 1판 1쇄 발행
2019년 2월 15일 1판 2쇄 발행

저 자 사자네 케이
일러스트 네코나베 아오
옮 긴 이 한수진
발 행 인 유재옥
본 부 장 조병권
담당편집자 조찬희
편 집 김다솜 김민지 김혜주 박은정 이문영 정영길 조찬희
라이츠담당 박선희 오유진
디 지 털 최민성 박지혜
발 행 처 ㈜소미미디어
제 작 처 코리아피앤피
등 록 제2015-000008호
주 소 서울시 마포구 토정로222, 403호 (신수동, 한국출판콘텐츠센터)
판 매 ㈜소미미디어
마 케 팅 한민지 한주원
전 화 편집부 (070)4164-3962, 3963 기획실 (02)567-3388
판매 및 마케팅 (070)4165-6888, Fax (02)322-7665

ISBN 979-11-6389-155-0 04830
ISBN 979-11-6190-511-2 (세트)